LOST™
IDENTIDADE SECRETA

Originally published in the United States and Canada by Hyperion as
LOST: SECRET IDENTITY
Copyright © 2006 Touchstone Television. This translated edition published by arrangement
with Hyperion.

Publicado originalmente por Hyperion
ISBN original: 0786890908

© Copyright 2006: EDIOURO PUBLICAÇÕES LTDA.
Direitos cedidos para esta edição à EDIOURO PUBLICAÇÕES LTDA.
Publicado por PRESTÍGIO EDITORIAL

Revisão: Ruy Cintra Paiva

2ª Revisão: Gabriela Semionovas Oliveira

Projeto gráfico: Osmane Garcia Filho

Imagem de capa: Franco Accornero

Dados Internacionais de Catalogação na Publicação (CIP)
(Câmara Brasileira do Livro, SP, Brasil)

Hapka, Cathy
  Lost: identidade secreta / Cathy Hapka;
     trad. Ana Carolina Mesquita, — São Paulo: Prestígio, 2006.

  Título original: Lost secret identity.
  ISBN: 85-99170-72-4

  1. Romance norte-americano
I. Título.

06-4776   CDD-813

Índices para catálogo sistemático:
1. Romances: Literatura norte-americana
813

A *Prestígio Editorial* é um selo da *Ediouro Publicações*.

Rua Nova Jerusalém, 345 – CEP 21042-230
Rio de Janeiro – RJ
Tel.: (21) 3882-8200 – Fax.: (21) 3882-8212 / 8313
e-mail: editorialsp@ediouro.com.br
vendas@ediouro.com.br
internet: www.ediouro.com.br/prestigio

CATHY HAPKA

**OBRA BASEADA NO ROTEIRO ORIGINAL DA SÉRIE DE TV
CRIADA POR JEFFREY LIEBER E J.J. ABRAMS & DAMON LINDELOF**

LOST™
IDENTIDADE SECRETA

1

DEXTER ABRIU OS OLHOS NA ESCURIDÃO TOTAL.

— Daisy! — ele gritou sufocado, sua voz soando estranha e abafada. — Daisy, onde você está?

Como um rádio sintonizando estática, a confusão no seu cérebro concentrou-se à sua volta, demorando a perceber o caos barulhento que o cercava. Chamados estridentes, gritos roucos; batidas de metal contra metal; sons de coisas sendo arrastadas, baques, choques. E acima, abaixo, envolvendo tudo, uma pulsação onipresente, um lamento ritmado que ecoava o latejar da sua cabeça. Aqueles sons enchiam-no de terror, mas ele não sabia ao certo por quê. Tudo o que sabia era que precisava sair dali, encontrar Daisy e fugir...

Ele tentou se mexer, mas foi detido por algo que prendia seu corpo. A sensação foi acompanhada por uma súbita dor aguda no tronco. Aquilo pareceu acordar os sentidos no restante do corpo, e ele foi invadido por uma confusão de dores, dos pés à cabeça.

O que estava acontecendo com ele? E por que ele não conseguia enxergar? Dexter piscou os olhos repetidamente, mas a escuridão continuava dominando tudo, enquanto o barulho à sua volta ia aumentando. Tomado pelo pânico, levou as mãos freneticamente até os olhos. Seus dedos encontraram uma tira de tecido macio cobrindo seu rosto.

Ele puxou o tecido, sentindo-se meio idiota; piscou os olhos e percebeu que estava debaixo de um cobertor estampado com a logomarca da *Oceanic Airlines*. Havia descoberto a causa da sua "cegueira". Com aquela revelação, o mundo à sua volta voltou a ter algum sentido. Ele estava sentado no avião que deveria levá-lo de volta aos Estados Unidos. O que o prendia no lugar era o cinto de segurança, ainda preso firmemente, embora a maior parte do avião que deveria envolvê-lo estar, aparentemente, desintegrada...

Daisy, ele pensou com um novo lampejo de pânico.

Teve a impressão de que foi preciso fazer um esforço tremendo para virar a cabeça e olhar para o assento ao seu lado. Quando finalmente conseguiu, viu que o assento estava vazio.

Ele ainda piscava os olhos, que se ajustavam à luz, quando o rosto de um homem com expressão ansiosa assomou na sua frente, vindo do corredor. — Ei, — o rosto disse para ele. — Você está bem, cara?

— Eu... — Dexter tentou dizer algo mais, mas a língua ficou presa ao céu da boca. Ele engoliu em seco, tentando lutar contra a sensação aterradora de estar olhando diretamente para o próprio rosto.

Então as feições do homem se reajustaram. Dexter percebeu que apesar daquele homem ser jovem, talvez da sua idade ou pouco mais do que isso, o estranho não parecia nem um pouco com ele — tinha olhos mais claros, cabelos mais escuros, e o nariz, o queixo e a testa eram diferentes.

— Eu... — Dexter tentou mais uma vez, mas hesitou. Ele tinha dificuldade para focalizar o que via. Os cabelos desgrenhados e os aflitos olhos azuis do outro nadavam à sua frente como *slides* antigos vistos através de um aquário.

— Fique calmo. — disse o estranho. — Nós já vamos tirar você daqui.

— Tu-tu — Dexter fez uma pausa, tentando pensar na próxima sílaba. Depois de um longo e cansativo esforço mental, ela veio. — Tudo bem — ele balbuciou.

O esforço para falar deixou-o completamente sem energia. Seus olhos começaram a pesar enquanto a escuridão ameaçava os cantos da sua visão.

— Agüenta aí — disse o preocupado estranho com alguma urgência. — Fique comigo, está bem? Fale comigo — qual é o seu nome?

Dexter tinha certeza de que sabia a resposta para aquela pergunta, mas ela parecia flutuar em algum lugar fora de alcance. Numa última tentativa para fazer algum esforço mental, ele conseguiu fisgá-la.

— Dexter. Dexter Cross. — ele balbuciou. Então desistiu de lutar e mergulhou de volta no convidativo buraco negro da inconsciência.

Dexter não estava certo quanto ao tempo que se passara até que acordasse de novo. Estava novamente cercado pela escuridão, mas desta vez era uma escuridão temperada por um luar frio e prateado e pelo brilho alaranjado e inconstante de fogueiras ao redor. Por um ou dois segundos, Dexter não teve certeza se sabia onde estava. Então sentiu a textura granulada da areia roçando sua pele. Uma brisa forte soprava sobre ele, arrepiando a pele dos braços e inundando suas narinas com o cheiro úmido e salino do mar. Quando ensaiou esfregar os braços para afastar o frio, seus músculos protestaram. O movimento pareceu ativar seu sistema nervoso, e um segundo depois seu corpo explodiu num coro de dores lancinantes, como se tivesse sido atropelado por um gigante mal humorado.

Foi só então que ele se lembrou da queda do avião. Seus olhos crisparam como que tentando afastar as imagens terríveis que lhe passavam pela cabeça. Motores gritando, pessoas gritando. Um solavanco, e então outro enquanto o avião perdia altitude, cada mergulho lançando seu estômago contra a garganta. A última coisa de que se lembrava era das máscaras de oxigênio que caíram, balançando à sua frente. Por um instante ele teve medo de não conseguir agarrar uma...

Dexter abriu os olhos, tentando ignorar aquelas lembranças. Com um gemido ele se sentou.

— Ah, você acordou. — O rosto de um homem mais velho examinou o seu. Ele tinha olhos pequenos e inteligentes, e bochechas redondas caídas, o que lhe conferia a aparência de um velho cão de caça. — Não se mexa, eu vou chamar o Jack.

O homem saiu apressado em direção a uma das fogueiras. Dexter levou uma das mãos à cabeça, que parecia estar recheada com algodão. Ele não sabia quem era o tal Jack, ou aquele homem, mas sentiu que dentro em breve ficaria sabendo.

Enquanto isso não acontecia, olhou em volta, curioso. Ele estava deitado num canto de uma praia extensa, debilmente iluminada pelo luar. Quando virou a cabeça, viu uma densa floresta tropical se perdendo na escuridão. Aquela cena poderia muito bem ilustrar o cartão postal de um *resort* em algum lugar exótico, não fossem os enormes fragmentos de destroços carbonizados espalhados pela praia. Como golpes irregulares feitos a faca numa bela pintura, aquela praia virgem fora violada por pedaços retorcidos de metal, trens de pouso com as rodas viradas para cima e restos enegrecidos das turbinas. Estava escuro demais para reparar nos detalhes, mas Dexter podia ver o enorme pedaço de uma asa estendido na praia e uma seção da fuselagem emergindo da areia, como uma caverna grotesca.

Algumas fogueiras estavam acesas na areia em volta dos destroços. Dezenas de pessoas estavam reunidas em volta delas. Algumas pareciam estar dormindo, mas a maioria estava acordada, apesar do avançado da hora. Alguns estavam conversando com a voz baixa em pequenos grupos ou sentados próximos uns dos outros em toalhas ou cobertores recolhidos no meio dos destroços. Outros estavam sozinhos, alguns sentados outros de pé, olhando para a selva, para o mar ou para a areia aos seus pés.

Quantas pessoas havia naquele avião? Dexter não tinha certeza, mas sabia que eram muitas. Ele passou a contar os sobreviventes que conseguia ver, e estava no décimo quinto ou décimo sexto quando viu um homem alto e bem apessoado com cabelos cortados bem curtos e uma expressão séria no olhar se aproximando. O homem vestia calças pretas sujas de areia e camiseta branca, estava com a barba por fazer e tinha alguns cortes feios no rosto. Mas havia uma segurança espontânea na forma como agia que impunha respeito. Dexter sentiu o lampejo de alguma emoção que não conseguiu identificar. Ansiedade? Inveja? Rancor?

— Olá! — disse o estranho. — Dexter, não é? Eu sou o Jack. Arzt me disse que tinha acordado — boas notícias. Você ficou apagado por um bom tempo. Como está se sentindo?

— Meio tonto. — Dexter respondeu, honestamente.

— É, não é de estranhar. Você ficou tão desidratado que desmaiou. Mas no geral teve sorte. Eu dei uma olhada em você algumas horas atrás e tudo me pareceu estar bem.

— É. — Dexter fez uma pausa para beber em grandes goles metade da garrafa de água oferecida por Jack. — Eu tenho tendência a ficar desidratado. Sou assim desde criança. Uma vez eu estava no iate do meu primo e ele esqueceu de levar as bebidas. Já tínhamos navegado quase uma hora na baía quando percebemos. Meu rosto ficou incandescente, ele achou que eu ia morrer. Ficou tão desesperado que me ofereceu mil paus se eu agüentasse ficar vivo até a gente voltar para a marina. — Ele sorriu e deu de ombros. — O meu primo Jay. Ele acha que o dinheiro compra tudo. E dinheiro não é problema pra ele.

Jack não pareceu muito interessado na história. Colocou a mão na testa de Dexter e depois os dedos em seu pulso, checando os sinais vitais. — Bom, parece que está tudo bem com você. Mas beba bastante água e coma alguma coisa se puder. Tem um cara, o Hurley, que pegou a comida do avião. Ele pode te conseguir alguma coisa.

O estômago de Dexter deu voltas quando ele pensou em comida, mais precisamente comida fria de avião. — Obrigado. Mas não acho que comer seja uma boa idéia agora.

— Tudo bem. Talvez pela manhã você esteja com mais apetite. — Jack levantou e esfregou as mãos uma na outra. — Também acho bom você dormir um pouco antes que chegue o resgate.

— Resgate. — A mente confusa de Dexter agarrou-se àquela palavra. —Ei, por que é que eles ainda não chegaram? Eles devem saber que o nosso avião caiu, não é? E onde estamos, afinal?

Jack deu de ombros. — Tenho certeza de que o resgate está a caminho. Agora tente dormir um pouco.

Dexter quis protestar — ele queria fazer mais perguntas, perguntas importantes; se ele apenas conseguisse se lembrar delas... Mas era tão mais simples deitar na areia e relaxar. Olhou para as estrelas piscando para ele por entre as nuvens, a mão automaticamente se arrastando em direção à cicatriz arroxeada e irregular que tinha no queixo.

— Como conseguiu isso? — Jack perguntou, indicando a cicatriz com a cabeça.

Dexter piscou os olhos, subitamente quase sonolento demais para responder. — Caí do cavalo — ele respondeu. — Estava tentando aprender a jogar pólo, mas não levo muito jeito pra coisa. — Ele deu um sorriso cansado. — Aquela droga de cavalo me atirou contra a trave do gol.

Jack assentiu com a cabeça e disse: — Boa-noite. — Mas Dexter mal o ouviu. Ele já estava mergulhando no sono, ainda acariciando a cicatriz distraidamente.

2

— PARE DE MEXER NISSO GAROTO, GAROTO.

Dexter afastou a mão da cicatriz quando sua tia Paula, irritada, deu-lhe um tapa , o movimento fazendo balançar a gordura dos seus braços nus e bronzeados. Com o canto dos olhos, Dexter viu outro cliente do supermercado dirigir a eles um olhar reprovador.

— Desculpe — ele resmungou. Colocou as duas mãos na alça de plástico grudenta do carrinho de compras, mantendo também os olhos bem grudados ali. MONOMART, SINÔNIMO DO VALOR AMERICANO! As vistosas letras vermelhas estampadas no encosto da cadeirinha para crianças do carrinho gritavam animadas para ele.

— Por aqui, Dexy. Eu quero ver se eles colocaram as batatas fritas em promoção, pra variar.

Dexter foi empurrando o carrinho obedientemente, seguindo a figura pesada da tia. Ele odiava aquelas compras semanais. Ele odiava o labirinto de corredores do supermercado popular, com prateleiras abarrotadas de mercadorias até o teto. O simples olhar para toda aquela comida enlatada, saquinhos cafonas de lanches e roupas infantis *made in China* o deixava enjoado, e o ar-condicionado glacial não conseguia disfarçar os cheiros de plástico barato e desespero que permeavam aquele lugar. Era deprimente, e ele não se incomodaria nem um pouco se nunca mais precisasse pisar os pés no MonoMart outra vez.

Mas a opinião de Dexter não importava. Paula não tinha filhos, e sua mãe insistia em que ele a ajudasse nas compras. Tudo o que ele podia fazer era obedecer e sonhar com o dia em que faria dezoito anos e poderia escapar das garras das duas.

Dexter desacelerou o carrinho para não atropelar uma criança solta que não estava usando nada além de umas fraldas sujas, mas tia Paula continuou avançando, com surpreendente leveza para o seu corpanzil, e desapareceu numa ponta. Pouco depois ele ouviu seu gritinho de satisfação no corredor ao lado.

— Aqui vamos nós! — ela vibrou triunfante, a voz estridente se espalhando pela loja, fazendo algumas pessoas levantarem o olhar, surpresas. — Desconto de quinze centavos. Acho bom fazermos um estoque — só Deus sabe quando uma coisa dessas vai acontecer outra vez. Onde você se enfiou, garoto? Venha já pra cá!

Entediado, Dexter se perguntava qual seria o motivo para tanto bom humor. Até onde sabia, ela ainda odiava o emprego na farmácia e, de acordo com os discursos mais recentes de sua mãe, não fizera progresso algum na tentativa de arrancar mais dinheiro do ex-marido imprestável. Ela normalmente apenas vagava pela loja reclamando dos preços, mas hoje parecia estar quase radiante.

Seguindo a tia pelo som da sua voz, ele esbarrou o carrinho numa pirâmide de latas que bloqueava o corredor, quase desencadeando uma avalanche de milho enlatado. Quando entrou no outro corredor, viu que os braços da tia já estavam cheios de pacotes de salgadinhos gordurosos.

Ele empurrou o carrinho naquela direção. — Vamos manter o ritmo, Dexy, — ela ralhou, enquanto despejava os sacos em cima do papel higiênico, do sabão em pó e dos panos de prato que já tinha colocado no carrinho. Mas a voz continuava estranhamente jovial, sem o menor traço da amargura habitual. — Temos muito o que fazer hoje. — Ela deu um tapinha rápido em seu ombro antes de pegar mais salgadinhos.

— Se liga, pessoal. Vejam quem está aqui!

Dexter congelou onde estava, o coração apertando de terror. Dois garotos e uma garota da sua idade acabavam de virar no final do corredor. Zach Carson, Daryl Sharp, Jenna O'Malley... todos da turma mais popular do colégio, todos da parte "boa" da cidade. Ele não tinha idéia do que faziam no MonoMart, e isso não fazia diferença alguma. Ele só queria poder escorrer pelo chão e desaparecer.

O trio veio gingando em sua direção no exato momento em que tia Paula acabou de abastecer o carrinho com porcarias e avançou pelo corredor na direção deles. Dexter fez uma expressão de dor quando os três colegas fingiram se espremer contra as prateleiras para evitar ser esmagados pelo corpanzil que passava. Tia Paula pareceu não perceber, mas o rosto de Dexter começou a arder por ela — e por ele mesmo. Não foi a primeira vez que ele desejou ter nascido em outra família.

Os colegas já estavam próximos. Dexter rapidamente providenciou uma expressão serena para seu rosto, esperando evitar uma cena.

— Procurando mais uma dessas camisetas *estilosas*, Dex? — Daryl perguntou, os olhos brilhando de ironia naquele rosto redondo e corado. Ele estendeu uma pata rechonchuda e Dexter se esquivou, esperando um soco. Mas Daryl apenas tocou a manga da camiseta com os dedos, contraindo o nariz num sinal de desaprovação.

Zach bufou com um riso. — Que nada, cara, — ele disse. — O Dex deve estar procurando um carro. A gente sabe que ele não pode comprar um carro de verdade, mas ouvi dizer que esses carros de plástico da Barbie são bem baratinhos.

— É, você deve mesmo ter ouvido, não é verdade, Zach? — Jenna parecia entediada. — E então, vocês já terminaram as provocações pra cima do *nerd*? — Seus arrogantes olhos verde-acinzentados mediram Dexter de cima a baixo rapidamente. — Vamos pegar uns refrigerantes e sair logo daqui. Este lugar fede.

Daryl a agarrou impulsivamente com um abraço de urso e tascou um beijo ruidoso no rosto da garota. — Relaxe, gata. Só estamos conversando com o nosso amigo Dexter, falou?

— Eca! — Ela o empurrou, esfregando o rosto. — Vê se cresce, garoto!

— Ei! Aí estão vocês. Estão tentando se livrar de mim, por acaso?

Dexter olhou por entre os três e viu outra garota se aproximando. E ela era linda — loira e esbelta, com um sorriso angelical e risonhos olhos azuis.

— Foi mal, Kris. — disse Jenna. — Eu pensei que você estivesse logo atrás da gente.

— Tudo bem. — A garota percebeu que Dexter olhava para ela e lhe dirigiu um sorriso doce. — Oi, Dexter. Tudo bem?

— Tudo. — ele disse num murmurar rouco, subitamente consciente demais das suas roupas gastas e do carrinho cheio de porcaria barata à sua frente. Ele era apaixonado por aquela garota há anos, mas nunca tinha feito nada a respeito. Garotas como Kristin Vandevere simplesmente não se interessavam por caras como ele; sem dinheiro, sem carro, sem amigos, sem perspectivas.

Se pelo menos ele não fosse aquele cara... Dexter enveredou momentaneamente por uma fantasia familiar, que ele passou horas criando nas aulas de Biologia, enquanto olhava para a cabeça loira de Kristin à sua frente. Nela, ele se tornava uma pessoa completamente diferente, uma espécie de SuperDexter — tranqüilo, confiante, irresistível para as mulheres. Mais rico do que nos seus sonhos mais absurdos, sempre com uma piada ou um caso interessante na ponta da língua, capaz de deixar a sua velha vida patética muito, muito distante.

— E aí, que é que você tá fazendo por aqui, meu caro Dexy? — A voz de Daryl quebrou o encanto. — Ajudando sua tia gorda a comprar absorventes gigantes ou coisa parecida?

Todo o corpo de Dexter se contraiu, os pulsos firmes ao lado do corpo. Ele conseguia agüentar as provocações dos outros garotos a maior parte do tempo. Já estava acostumado. Mas ser humilhado na frente de Kristin despertou nele a vontade de transformar o rosto satisfeito de Daryl numa massa sangrenta.

Mas ele não fez aquilo. Ele não podia. Por um motivo apenas: ele é que acabaria com o rosto transformado numa massa sangrenta, não o grandalhão Daryl. Além do mais, ele não era desse tipo. O confronto não tinha nada a ver com o seu estilo; era mais fácil deixar as coisas passarem ao largo.

— Qual é? — Jenna puxou a camiseta de Daryl. — Vamos embora! Já estou quase morrendo de tédio.

— Tá bom, tá bom. Pare com essa lengalenga, mulher! — Daryl, contudo, se deixou arrastar pelo corredor. Os outros dois os seguiram. Apenas Kristin ficou o bastante para dirigir a Dexter um pequeno aceno. — A gente se vê na aula de Biologia.

— Até — ele murmurou, tentando usar um tom despreocupado e casual, mas falhando completamente na tentativa. — A gente se vê.

Ele olhou para Kristin até que ela sumisse na virada do corredor. Então suspirou e fechou os olhos, o corpo todo mole. Ele se inclinou sobre o carrinho de compras. Por que se dava ao trabalho de tentar? Uma garota como aquela jamais iria enxergar nele qualquer coisa além de um *nerd* caladão e sem um tostão que sentava atrás dela nas aulas de Biologia. Nunca, nunca mesmo. Ele devia aceitar aquilo de uma vez e diminuir um pouco as expectativas, ou...

CRASH!

A súbita cacofonia no outro corredor tirou-o de seus devaneios. Parecia que a loja inteira estava vindo abaixo.

Deixando o carrinho onde estava, Dexter correu para ver o que tinha acontecido. Ao virar no corredor ao lado, a primeira coisa que viu foi uma grande pilha de mercadorias espalhada numa confusão de caixas coloridas. Ele suspirou ao ver a tia ali no meio. Ela estava largada no chão como uma baleia encalhada, gemendo e se contorcendo, tentando em vão tirar algumas caixas de cima do peito e da barriga. O vestido de um azul desbotado estava levantado até as coxas, expondo os joelhos flácidos, e ela tinha perdido um sapato.

— Tia Paula! — Dexter gritou, correndo na sua direção.

Ele se ajoelhou ao lado dela, quase com medo de olhar para aquele rosto contorcido pelos gemidos de dor. Em vez disso, ele olhou para uma das caixas espalhadas pelo chão e viu a fotografia colorida de um homem sorridente, de boa aparência e com um bigode grisalho. O homem estava no convés de um iate luxuoso preparando um churrasco numa grelha portátil. Uma legenda dourada o identificava como *Chef* Cross, e o texto impresso na caixa dizia que aquela era uma das suas famosas Grelhas Cross — que apareciam na TV, e à venda nas melhores lojas. Dexter olhou para a foto por algum tempo, desejando poder se transportar para aquele iate, onde o sorriso do *Chef* Cross garantia que a vida era muito mais prazerosa.

Nesse meio tempo, outras pessoas tinham ouvido o estardalhaço. Uma mulher de meia-idade com o uniforme do MonoMart foi uma das primeiras a chegar. Ela escorregou no chão antes de parar e olhar para tia Paula com os olhos arregalados.

— A senhora está bem? — ela perguntou, esbaforida.

— Não, eu não estou bem! — Tia Paula gritou. — Essas caixas, esse *display* idiota caiu em cima de mim quando eu estava passando. Ai, as minhas costas! Alguém chame uma ambulância, eu não consigo me mexer!

JÁ ERA DIA QUANDO DEXTER ACORDOU NOVAMENTE. AS DORES DO SEU último despertar haviam sumido, dando lugar a uma dor imprecisa, incômoda, no corpo todo. Ele se sentou, alongando os músculos doloridos. Enquanto dormira, alguém havia improvisado uma tenda, que projetava uma sombra fria e azulada na areia, apesar do ar estar pesado com a umidade e bastante quente.

Dexter tentou ver as horas, mas o relógio estava parado. O fato de não saber as horas fez com que se sentisse desorientado; quanto tempo teria passado desde o desastre? Ele podia ouvir vozes conversando em volta e decidiu que já era hora de descobrir o que estava acontecendo.

No instante em que deixou o abrigo improvisado, o sol o atacou impiedosamente. Ondas de calor dançavam sobre a areia, e aquilo o deixou tonto. Vendo a garrafa de água deixada por Jack, ainda pela metade, ele se abaixou e a apanhou. A água estava morna, mas ele bebeu assim mesmo. Aquilo fez sua cabeça desanuviar um pouco — e ao mesmo tempo fez seu estômago roncar e se agitar em espasmos de fome.

Comida. Ele precisava de comida. Aquilo ia ajudá-lo a pensar.

Ele se lembrou de que Jack tinha dito algo sobre alguém ter resgatado a comida do avião. Na noite anterior, a simples idéia de uma refeição de avião fria e gordurosa o deixara enjoado. Agora, no entanto, parecia totalmente sedutora. Era engraçado, ele pensou, com que rapidez uma mudança de circunstância podia levar a uma mudança de perspectiva.

Dexter olhou para a praia ao redor. Até aquele momento ninguém tinha reparado nele. Algumas pessoas caminhavam perto do mar, vagavam entre os destroços ou arrastavam malas ou outros itens aqui e ali. Um rapaz bem gordo com cabelos encaracolados vasculhava o interior de uma mala grande, enquanto ali perto um garoto com semblante abatido chutava a areia. Ambos eram vagamente familiares, e Dexter se lembrou de que estavam sentados perto dele no avião.

Logo atrás dele alguém falou de repente numa língua que não conseguiu identificar. Virando-se, ele viu um homem oriental, em pé, segurando uma bandeja preta com quatro pequenos pratos brancos.

— Pois não? — Dexter disse, surpreso com a aparição repentina do homem.

O homem repetiu sua mensagem indecifrável, gesticulando com urgência para a bandeja que segurava na outra mão. Olhando com mais atenção, Dexter viu que cada um dos pratos naquela bandeja tinha um pouco de uma substância viscosa acinzentada que ele suspeitava ter vindo de algum tipo de vida marinha. Ele deu um passo atrás ao sentir um forte cheiro de peixe trazido pela leve brisa do mar.

O homem falou de novo, parecendo frustrado. Ele apontou cuidadosamente para um dos pedaços e fez uma mímica para que comesse.

Dexter sentiu um calafrio. Por mais faminto que estivesse, ainda não estava com *tanta* fome. Na verdade, ele tinha quase certeza de que preferia comer a areia sob seus pés a colocar aquela coisa gosmenta na boca. Ele nunca tinha conseguido aprender a gostar de sushi. Na primeira vez que tentou, mal conseguiu chegar no banheiro a tempo.

— Não, obrigado — ele disse para o homem, agitando as mãos. O movimento trouxe outra onda de tontura. — Não precisa. Muito obrigado, de qualquer forma.

O homem adotou uma expressão fechada e mais uma vez gesticulou para o que estava lhe oferecendo. Dexter começou a pensar numa forma de se livrar do homem do peixe quando de repente, com o canto do olho, viu uma meia dúzia de pessoas andando decididas em direção às árvores. Entre elas estava uma jovem loira e esbelta usando *shorts* e uma blusa regata de cor clara.

Seu coração deu um pulo. — Daisy! — ele chamou; virou o corpo e saiu correndo pela praia, completamente esquecido do cara do sushi. — Daisy! Espere! Sou eu — eu estou bem! Daisy!

Apesar da tontura, que ameaçava jogá-lo de cara na areia, ele alcançou o grupo numa área aberta com vegetação rasteira, logo acima da praia. Dando passadas largas, Dexter agarrou a mulher pelos ombros e a virou de frente para ele.

— Mas o quê? Quem é você? Tire as mãos de mim, seu maluco.

Uma bela jovem loira o encarava, os olhos flamejando. Não era ela. Não era Daisy.

— Oh! — Dexter estava ofegante, suado e cansado depois daquela corrida. — Desculpe. Eu... eu pensei que você fosse outra pessoa.

— Eu *queria* que ela fosse outra pessoa — murmurou alguém do grupo.

Dexter piscou os olhos e olhou para o jovem que acabara de falar, pensando por que ele lhe parecia tão familiar. Será que também estava sentado perto dele no avião?

Então, de repente se lembrou: aquele era o estranho que o havia ajudado depois do desastre, aquele que pensara ser ele mesmo. No final das contas, os dois nem se pareciam tanto assim, apenas tinham mais ou menos a mesma idade e a pele parecida.

Ele se sentiu incomodado, como se tivesse de dizer alguma coisa, apesar de que o outro nem parecia se lembrar dele. Antes que conseguisse decidir o que fazer, a bela loira voltou a falar.

— Cala a boca, Boone. — ela disparou, agitando a cabeça e encarando o estranho de cabelos escuros. — Caso ainda não tenha notado, eu também não estou exatamente radiante por estar presa aqui neste lugar com você. Mas isso não quer dizer que eu vá ficar o dia inteiro resmungando como um bebê chorão por causa disso.

— Vê se me esquece, Shannon. — Boone lançou um olhar fechado para ela e se virou.

— Você está se sentindo bem? — disse outra pessoa do grupo, uma jovem alta com cabelo castanho-avermelhado preso num rabo-de-cavalo. Ela estava olhando preocupada para Dexter. — Você está um pouco pálido.

— Eu estou bem. — Dexter forçou um sorriso. — Desculpe pelo engano.

Eles seguiram em frente e ele voltou para a praia, sentindo-se um pouco envergonhado. Ele tinha tanta certeza de que aquela loira era Daisy...

Daisy.

O nome explodiu no seu coração, enchendo-o de culpa. Como ele pôde se esquecer de Daisy? Esse tempo todo ele ficou deitado, dormindo, enquanto ela podia estar ferida...ou pior.

— Ei, cara. Tudo bem?

Dexter levantou a cabeça, percebendo que estava com os olhos grudados no chão enquanto caminhava, e quase tinha esbarrado em alguém. O homem, um negro com cavanhaque rente, olhava preocupado para ele.

— D-Desculpe, — disse Dexter, percebendo que ainda estava um pouco zonzo. — Acho que não estava olhando para onde estava indo. Desculpe.

— Sem problema. Você não é o cara que passou a noite desmaiado? Meu filho estava achando que você não iria acordar mais. A propósito, o meu nome é Michael.

Dexter olhou para a praia e voltou a ver o garoto, deduzindo que aquele era seu pai. —Meu nome é Dexter. Dexter Cross. É, eu acho que sou eu. Mas já acordei. E preciso encontrar alguém — a minha namorada, Daisy. — Ele virou a cabeça vasculhando a praia, e cambaleou levemente.

— Opa. — Michael estendeu a mão para segurá-lo. — Você não me parece muito bem, cara. Tem certeza de que não quer deitar mais um pouco?

— Eu vou ficar bem. Só preciso comer alguma coisa, e encontrar Daisy...

— Comida. Beleza. — Michael olhou em volta. — Aquele grandão — o Hurley — ele é o cara da comida por aqui. E eu acho que agora ele está ocupado ajudando o Jack. Mas a comida fica por aqui; venha...

Pouco depois Michael estendeu para ele uma embalagem de comida de avião. Dexter sentou numa sombra entre os destroços e engoliu a comida, mal sentindo o gosto. Então bebeu uma garrafa inteira de água.

A comida e a água desanuviaram sua cabeça. Agora que já se sentia melhor, ele só conseguia pensar em uma coisa: encontrar Daisy. Ele ficou de pé e olhou detidamente para todos os sobreviventes que conseguia avistar, e não havia sinal dela.

É claro que não, ele disse a si mesmo, coçando distraidamente uma picada de mosquito. *Se ela estivesse aqui — e estivesse bem — ela já teria me encontrado.*

Dois jovens passaram por ele, carregando uma pilha de assentos tirados do avião. Dexter correu para alcançá-los.

— Ei. — ele chamou. — Onde estão os feridos? Vocês sabem... do acidente. Eu preciso encontrar uma pessoa.

Um dos jovens enxugou o suor da testa. — Espero que não seja o cara dos estilhaços. — ele disse. — O doutor está com ele agora, e ele não está nada bem, pelo que disseram.

— Relaxe, Scott. — disse o outro rapaz. — Assim você assusta o homem. — Ele olhou para Dexter. — Não é o cara dos estilhaços, é?

— Não é um cara. — disse Dexter. — É uma mulher — minha namorada, Daisy. Bonita, mais ou menos dessa altura... — Ele levantou a mão para indicar a altura. — Loira.

Os dois encolheram os ombros em uníssono. — Eu não vi ninguém assim entre os feridos — disse Scott. — Desculpe. Mas você pode dar uma olhada nas barracas. — Ele indicou com a mão um pequeno ajuntamento de tendas improvisadas e um ou outro abrigo temporário aqui e ali entre os destroços.

— O.k. Obrigado. — Dexter deu um passo atrás, protegendo o rosto do sol com a mão, enquanto os dois seguiam em frente. Ele rumou para o primeiro dos abrigos, e olhou para dentro. Em vez de Daisy, encontrou um homem de meia-idade com metade da perna amputada.

Com um tremor, ele seguiu em frente antes que o homem abrisse os olhos e o visse ali. Ele olhou alguns dos outros abrigos, mas a maioria deles estava vazio.

Enquanto olhava ao redor à procura de outro lugar onde pudesse procurar, Dexter viu um homem com um rosto familiar de perdigueiro saindo da orla da floresta, no limite da praia. Dexter reconheceu o homem que chamara Jack para acudi-lo na noite anterior.

Ele andou em direção ao homem, pensando em agradecer pela ajuda enquanto estava desmaiado. Antes que o alcançasse, o homem viu que se aproximava e olhou para ele surpreso.

— Ei! Como você chegou aqui tão rápido? — Ele perguntou, aproximando-se de Dexter.

Dexter olhou para ele, confuso. — O quê?

— Ah, vamos. — disse o homem. — Se você conhece um atalho para a praia, desembucha.

— Eu — eu não sei do que está falando. — Dexter gaguejou. — O meu nome é Dexter Cross, e eu estava querendo agradecer-

— Tá bom. E o meu nome é Arzt e é um prazer conhecer você. — O homem, Arzt, olhou para ele, desconfiado. — Mas eu não sei o que você está tramando, Cross.

— Tramando? Eu não estou entendendo.

— Mas é claro que está. — insistiu Arzt. — Olha, eu acabei de te ver ali, entre as árvores tortas, *o.k*? E eu sei que você também me viu — você até acenou para mim; pelo amor de Deus. Eu sei que era você; e fiquei muito surpreso em te ver andando por aí depois de ficar desmaiado a maior parte do dia de ontem.

Dexter sacudiu a cabeça. — Desculpe, mas você está enganado. Eu não estava na floresta. Eu estou aqui na praia desde que acordei.

Arzt não pareceu convencido, mas deu de ombros. — Se está dizendo. — Ele olhou por sobre o ombro, para as árvores se agitando levemente com a brisa. — Eu também tenho ficado perto da praia, principalmente depois do que quer que tenhamos ouvido ontem à noite e hoje pela manhã.

— Como assim? — Dexter estava ansioso para continuar a procurar por Daisy, mas ficou curioso com o que Arzt havia dito — e com a expressão de medo que apareceu de repente nos olhos do homem. — O que vocês ouviram? — Ele apontou para si mesmo. — Eu estava desmaiado, lembra?

— Ah, tá. — Arzt deu um breve sorriso. — Certo. Bem, fique feliz por não ter ouvido — foi bem assustador. Uma barulheira de coisas rachando, uns uivos estranhos... — Ele girou os braços com dramaticidade, aparentemente por não ter palavras para ilustrar o que tentava descrever.

Dexter sacudiu a cabeça. — Mas como assim? O que estava provocando esses sons? Era a equipe de resgate?

— Eu acho que não. — Arzt deu de ombros. — Ninguém sabe o que era. Mas pelo barulho, era grande e assustador; isso é tudo que eu sei.

— Ah. — Dexter estava perdendo o interesse naquela conversa. Sobre o que quer que Arzt estivesse falando, não parecia ter a menor importância se comparado à urgência em encontrar Daisy. — Olha, eu preciso encontrar a minha namorada. Você viu alguma loira na floresta? Mais ou menos dessa altura? — Dexter indicou a altura com a mão.

— Não. Sua namorada, não é? Estão juntos há muito tempo?

— Uns seis meses, mais ou menos. — Dexter respondeu, caminhando em direção à praia com Arzt ao seu lado. — Nós somos colegas na universidade.

— Ah, é? E o que você está estudando, Cross?
— Psicologia. — respondeu Dexter. — E gosto bastante. Sou calouro, estou na universidade há apenas alguns meses.
— Bom. Muito bom. Um campo muito interessante. Mas aceite o meu conselho — não siga a carreira de professor. Pelo menos não a de professor do ensino básico. — Arzt bufou e revirou os olhos. — Acredite no que estou dizendo, eu sou professor. Professor de ciências.

Dexter riu com educação. — Na verdade não tenho pensado no que vou fazer depois de me formar — ele admitiu. — Acho que ainda tenho muito tempo pra decidir — talvez fazer um mestrado, talvez dar um tempo e ver o que acontece. Eu acho que tenho sorte. É bom saber que se algo der errado, posso me garantir com o dinheiro da família...

4

— NÃO HÁ NADA QUE VOCÊ POSSA FAZER QUANTO AO FATO DE SER pobre, Dexter. — A orientadora da escola, uma mulher gorda e séria, de rosto brilhante, chamada sra. Washington, se recostou na cadeira e cruzou as mãos sobre o colo enquanto olhava para ele com simpatia. — Mas há coisas que você *pode* fazer em relação ao que vai acontecer com você daqui pra frente. É aí que eu entro. Nós precisamos conversar sobre os seus planos — todos os seus professores estão achando que você quer ir para a universidade.

Dexter procurava uma posição na desconfortável cadeira de madeira. De fora da janela, que estava fechada, vinham os ruídos abafados dos gritos e risadas dos colegas, e os baques surdos de uma bola de basquete contra o piso do estacionamento dos alunos. Dentro do escritório da sra. Washington, minúsculo, pintado de bege, o ar parecia embaçado e o silêncio era quase total, apenas os cliques do relógio de parede preenchiam o espaço quando ela não estava falando.

— Eu não sei. — ele resmungou pouco depois. — Eu não sei se a universidade é para mim, sabe. Todos aqueles empréstimos...

Ao sorrir, a sra. Washington parecia um pequeno esquilo. Um esquilo com óculos.

27

— Eu entendo a sua preocupação, Dexter. — ela disse. — Mas as bolsas e os empréstimos foram feitos para estudantes como você. Com as notas excelentes dos seus exames, acho que você não vai ter dificuldade alguma para conseguir uma bolsa. Eu posso ajudar. E, assim que for aceito numa universidade, pode entrar em um bom programa de auxílio para cobrir as outras despesas. Você tem grandes chances de ser bem sucedido, por isso eu acho que não vai ter dificuldade para pagar rapidamente estes empréstimos.

Dexter manteve um meio sorriso educado enquanto ela discorria sobre despesas com ensino e pré-requisitos para aquisição de bolsas, entre outras coisas. Mas na verdade ele não estava escutando. Se havia uma coisa que sua vida dura lhe havia ensinado, era a ser realista e não cultivar esperanças ou tentar mudar coisas que não podia controlar. Mesmo com uma bolsa e auxílio financeiro, não haveria dinheiro suficiente para a universidade. Ele tinha aceitado isso fazia muito tempo e tentava conviver com essa idéia da melhor forma possível. Mas a sra. Washington, com a sua avalanche de informações, suas boas intenções e o olhar de incentivo, não estava facilitando as coisas para ele desta vez. Ele olhava para a pilha de impressos coloridos das universidades num canto da mesa, permitindo-se um breve e melancólico momento de devaneio.

E se...

Ele abandonou o pensamento antes que este seguisse seu caminho. Não havia utilidade alguma em pensar daquela forma. Dexter sabia como era a sua vida — e como ela não era. Não havia outra coisa a fazer senão aceitar.

Ele fugiu daquela reunião assim que pôde, aceitando as folhas com informações e os impressos que a orientadora havia lhe oferecido apenas para que ela se calasse. O jogo de basquete continuava no estacionamento, então Dexter saiu pela porta lateral, escondendo-se atrás dos arbustos para não ser visto. A última coisa de que precisava naquele dia era um confronto com a turma de sempre.

Assim que dobrou uma esquina e sumiu de vista, ele relaxou um pouco. Já era ruim o bastante ter de caminhar três quilômetros até em casa, já que tinha perdido o ônibus por causa daquela reunião com a orientadora. Pior do que aquilo, só se fosse alcançado pelos riquinhos em seus BMWs, Mustangs e Jeeps e eles decidissem espantar o tédio parando para fazer gozações pelo fato de ele ser pobre demais para ter um carro. Na última vez em que isso tinha acontecido, ele terminou com um olho roxo e fama de covarde, já que fizera de tudo para evitar a briga.

Ele margeou o parque e depois foi andando pelas calçadas esburacadas da Rua Beale, que levavam à parte pobre da cidade, onde Dexter e a mãe viviam numa casa alugada caindo aos pedaços. Quando chegou ao enorme contêiner de lixo na esquina da Fourth Street, ele parou pelo tempo suficiente para tirar os impressos das universidades da mochila e jogá-los ali dentro. E ficou lá, vendo os impressos escorrerem entre panos velhos, latas e cascas de banana. Então se virou, atravessou a rua e marchou para casa.

Quando entrou em casa pela porta dos fundos, encontrou a mãe e tia Paula sentadas junto à velha mesa de carteado da cozinha. Sua mãe ainda estava enrolada no robe roxo esfarrapado que usava nos dias de folga. Tia Paula envergava o grosso colar ortopédico acinzentado que usava desde o acidente no MonoMart. Dexter sempre se incomodava quando olhava para aquilo; ele tinha quase certeza de que a tia exagerava a gravidade dos machucados, mas já aprendera há muito tempo a não confrontá-la em tais assuntos. Não importava o que pensasse ou dissesse sobre suas falcatruas, ela nunca iria mudar.

Ambas tinham copos pela metade sobre a mesa à sua frente, e Dexter ficou surpreso ao sentir um leve e ácido cheiro de álcool no ar. Aquilo não era comum; enquanto tia Paula dava seus golinhos de vez em quando, a mãe de Dexter raramente bebia. Ela considerava o álcool um luxo caro a ser desfrutado em ocasiões especiais, como casamentos e funerais.

— Dexy, querido, você chegou! — Sua mãe estava toda sorrisos quando se virou para cumprimentá-lo. As bochechas geralmente pálidas estavam coradas e havia um brilho diferente nos seus pálidos olhos acinzentados.

Dexter piscou os olhos, surpreso. — O que está acontecendo? — ele resmungou, sentindo que tinha ficado de fora da piada.

— Adivinhe, Dexy. — Murmurou tia Paula. — Ótimas notícias. O MonoMart preferiu fazer um acordo comigo!

— Hã?

— MonoMart — repetiu tia Paula impaciente. — O meu acidente. Você estava lá, lembra?

Dexter lembrava muito bem. Seu rosto corou levemente ao lembrar daquele dia, da vergonha de assistir os paramédicos lutando para conseguir levantar a maca com a figura roliça da tia sob as gargalhadas de Zach e dos outros...

— Eles ofereceram praticamente o que ela estava pedindo. — disse a mãe, ansiosa, sua voz fina vibrando de excitação. — Você acredita? Eu acho que para uma empresa do tamanho da MonoMart não vale a pena ir ao tribunal por uma quantia dessas.

— É. — Tia Paula ria. — Você acredita nisso? É dinheiro suficiente para viver bem por alguns anos, e eles nem querem brigar na justiça por isso!

Um tremor de repugnância, amargura e escárnio percorreu o corpo de Dexter. Esta não era a primeira vez que sua tia fazia armações para se dar bem. Ela já tinha processado o construtor da sua casa por causa do piso que ela mesma destruíra, tinha colocado uma barata na salada em um restaurante de *fast-food* próximo e, talvez o mais impressionante, ela tinha processado o cerimonial e cada um dos prestadores de serviço do seu casamento, quando o marido a deixou um mês após o grande dia.

Mas aquela parecia ser, de longe, a jogada mais lucrativa. Ele queria perguntar o valor, mas se conteve. Não queria dar à tia a satisfação da sua curiosidade. Isso apenas reforçaria sua sensação de sucesso.

E ela ainda deve estar orgulhosa de si mesma, ele pensou com repugnância. *Ela provavelmente pensa que é a melhor coisa que fez na vida, e vai passar os próximos dez anos alardeando isso para quem quiser ouvir.*

Ele odiava a idéia de ouvir ou presenciar suas risadas maliciosas quando ela contava vantagem para os amigos e vizinhos enquanto a mãe fazia coro com risinhos, esperando em troca algumas migalhas de generosidade. Ele odiava qualquer coisa que dissesse respeito àquela família. E odiou ainda mais as pontadas de inveja que sentiu ao pensar em tanto dinheiro. Era fácil condená-la do seu pedestal, mas ele seria mesmo melhor do que ela? Ou apenas covarde demais para ir à luta como ela fazia?

Não. Eu não sou assim. Eu nunca vou ser assim.

O corpo todo de Dexter ficou tenso com a intensidade da sua repugnância. Ele queria se pronunciar, dizer ou fazer alguma coisa para expressar sua opinião a respeito daquilo. Fazer sua tia Paula e sua mãe saberem que não era como elas e que nunca, nunca se permitiria ser como elas; nem que precisasse catar comida em lixeiras e dormir na rua.

— Dexy. — disse sua tia, interrompendo seus pensamentos amargos. — Eu acho que tenho que dividir minha boa sorte com as pessoas mais importantes do mundo — minha família. Então vou comprar um carro novo pra sua mãe...

— Um Cadillac! —interrompeu a mãe de Dexter, apertando as mãos magras em frente ao rosto. — Você acredita nisso? Eu, dirigindo um Cadillac zerinho? É bom demais pra ser verdade!

— Nada é bom demais pra minha irmã favorita. — Tia Paula olhou para ela com afeto, os olhos quase sumindo nas dobras de gordura. — Enfim, Dexy, eu estava pensando no que você gostaria de ganhar. Eu ia comprar um carrão pra você também...

Dexter se viu entrando no estacionamento da escola dirigindo um carrão esportivo importado ou uma picape envenenada. O que aqueles riquinhos iriam pensar dele? O que Kristin Vandevere iria pensar? Era um pensamento desconcertante, um pensamento que aqueceu todo o seu corpo enquanto o apreciava.

Não. Eu não quero. Assim não, ele disse com firmeza para si mesmo. *Eu posso viver sem um carro. E pra que eu preciso de um carro, afinal de contas? Eu posso caminhar até o trabalho, e até a escola, quando preciso. Um carrão vai ser apenas mais uma despesa, e quando o dinheiro de tia Paula acabar daqui a alguns meses ou um ano, eu vou ter que bancar todas as despesas sozinho, com um salário mínimo.*

Ele percebeu que tia Paula ainda estava falando. — Mas aí eu pensei comigo mesma, o Dexter não quer um carro tanto assim. Mas eu sei o que ele quer *de verdade*.

Mas como ela pode saber isso? Dexter pensou, resistindo à vontade de revirar os olhos. *Ela não me conhece.*

As palavras que a tia disse em seguida jogaram por terra seus pensamento sarcásticos. — Ele quer ir pra universidade, — Tia Paula anunciou com evidente satisfação. — Aí eu pensei, que diabo. Se é isso mesmo o que ele quer, acho que posso fazer o sonho virar realidade. Família é pra isso mesmo, né?

Dexter ficou de queixo caído. Ele estava tão atordoado que ficou sem palavras.

— Tá surpreso, não é, garoto? — Tia Paula sorriu para ele, ainda muito satisfeita consigo mesma. — Você sabe que eu não sou muito chegada a essa coisa de escola. Mas parece que você é, então por que não? Eu te empresto o dinheiro para pagar as despesas em qualquer universidade que você escolher, e você me paga quando for um doutor rico, um médico, advogado ou sei lá mais o quê. Fechado?

Dexter olhou para ela, ainda mudo pelo choque. Instintivamente, pensou em recusar. Ele não queria tirar proveito do dinheiro das trapaças da tia. Mais do que isso, Dexter não queria que a tia pensasse que ele aprovava a forma como ela ganhava a vida ou concordava com as coisas que fazia.

Mas, assim que o baque da surpresa passou, ele imediatamente reconheceu que o que ela estava oferecendo, soubesse ela ou não, era uma saída — uma estrada para uma vida nova, uma vida onde não precisaria bater cartão para ganhar uma ninharia e contar cada centavo que gastava. Dexter sentiu um lampejo de esperança quando se viu caminhando pelo *campus* enevoado de alguma universidade mítica, conhecendo pessoas gentis e inteligentes que queriam ouvir o que ele tinha a dizer. Seria uma nova existência, interessante, fácil e prazerosa, a quilômetros de distância da realidade dura da vida que conhecia até então. Ele poderia recomeçar do zero, ser quem quisesse ser... até mesmo um SuperDexter de verdade.

Percebendo que a tia o olhava atentamente, esperando a resposta, ele engoliu em seco e forçou um sorriso.

— Fechado. — ele disse.

5

— OBRIGADO, JOANNA. — DEXTER SE VIROU PARA A MULHER QUE passava repelente contra insetos na parte de trás do seu pescoço. — Obrigado mesmo. Eu tentei entrar na floresta pra procurar a Daisy, mas os insetos quase me comeram vivo.

— De nada. E boa sorte na sua busca. — A mulher sorriu e colocou o repelente de volta no bolso.

Joanna seguiu seu caminho. Dexter arregaçou as calças e entrou no mar para limpar o repelente das mãos. A água estava fria; a temperatura na praia parecia ter caído uns cinco graus à medida que o sol se escondia no horizonte. Por toda a praia as pessoas arrumavam seus abrigos e acendiam fogueiras de sinalização. Logo ficaria escuro e ainda não havia sinal da equipe de resgate, o que indicava que certamente passariam mais uma noite na ilha.

Enquanto enxugava as mãos nas calças, Dexter viu Michael caminhando pela praia, curvado sob o peso de um pedaço grande de metal. — Quer ajuda? — Dexter ofereceu, se apressando até o outro e pegando uma ponta da peça.

Michael exibiu uma expressão de gratidão. — Valeu, cara. — ele disse, ofegante. — Pensei em usar isso pra construir um abrigo melhor pra mim e pro Walt.

— É, parece bom.

Dexter não tinha mais falado com Michael desde seu primeiro encontro naquela manhã. Mas durante o dia, enquanto procurava por Daisy, ele havia conhecido outros companheiros sobreviventes. Havia, é claro, Arzt, o professor de ciências esquentado e inteligente que tinha cuidado dele enquanto estava inconsciente. Joanna, a surfista dona do repelente. Hurley, o leão marinho boa praça. George, o faz-tudo desbocado e simpático. O enigmático John Locke. Scott, Steve, Janelle, Faith, Larry e outros mais. E Jack, é claro, que passara o dia todo cuidando dos feridos e fazendo o que quer que fosse necessário.

Mas ainda não havia sinal de Daisy. Ninguém a tinha visto, ninguém sabia onde podia estar. Dexter estava com medo de procurar entre os corpos que ainda estavam na praia, mas quando finalmente reuniu coragem, ficou aliviado por não encontrá-la entre eles.

Depois de colocarem o pedaço de metal na areia, Michael esfregou as mãos e mexeu a cabeça em sinal de agradecimento.

— Mais uma vez, obrigado, cara. — ele disse. — Você não estava procurando por alguém hoje de manhã? E aí, encontrou?

— Daisy, minha namorada. — disse Dexter. — Não, eu ainda não a encontrei. Eu ia perguntar se você não tinha visto uma loira bonita de uns vinte e poucos anos por aí. Ah, mas não aquela que saiu hoje cedo com o grupo que foi testar o tal transmissor/receptor, ou o que quer que fosse — essa eu já conheci...

— É, mas tem outra vindo na nossa direção. — Michael apontou com a cabeça para alguém atrás de Dexter.

Dexter girou o corpo, com uma expressão de ansiedade e alívio se formando no rosto. Mas, em vez de Daisy, ele viu uma jovem grávida com uma barriga enorme vindo em sua direção. — Oh. — ele disse, decepcionado. — Não é ela.

Ele já tinha visto aquela mulher diversas vezes — era difícil deixar de percebê-la, com aquela barriga enorme — mas eles ainda não se conheciam. Para sua surpresa, a grávida pareceu reconhecê-lo imediatamente. Ela vinha andando com pressa em sua direção, uma expressão de surpresa no belo rosto.

— Como você chegou aqui tão rápido? — Ela perguntou, com um sotaque australiano. — Eu acabei de te ver na mata!

Confuso, Dexter se lembrou da conversa que havia tido com Arzt. Será que ele tinha um sósia naquela ilha? Se tinha, eles ainda não haviam se encontrado.

— Não, não era eu. — Ele disse para a grávida. — A propósito, meu nome é Dexter.

Ela estendeu a mão e sorriu. — Oi. Eu sou a Claire. — Eles apertaram as mãos, mas mesmo depois de terminarem ela não conseguia deixar de olhar para ele. — Tem certeza que não foi você que eu vi? — Ela perguntou, descansando a mão no topo da barriga. — Eu podia jurar...

— Não era eu. — ele garantiu. — Eu passei as últimas horas aqui na praia. Pergunte pra quem quiser.

— É. Eu posso garantir os últimos dez minutos. — Michael acrescentou com um sorriso.

— Tudo bem, eu acredito em você, — ela disse, rindo — Nos dois. Desculpe se pareceu que eu estava duvidando. Mas é tão estranho...

— É. — Dexter disse lentamente. — É mesmo. Você não é a primeira a me dizer coisa parecida hoje. Ele relatou o encontro daquela manhã com Arzt.

— O professor? — Michael revirou os olhos e riu. — Eu acho que ele, você sabe, não bate muito bem da bola.

— Mas parecia ter muita certeza de que era eu. — disse Dexter. — Talvez eu tenha mesmo um gêmeo por aqui.

— É, e ao que parece ele passa o tempo todo na floresta. — disse Michael.

Lembrando-se de como ficara desorientado depois do acidente, Dexter pensou se não haveria sobreviventes vagando pela mata, sobreviventes que ainda não haviam encontrado o caminho até a praia. Pessoas como o seu sósia...ou Daisy.

— Bem, eu acho que vou dar uma olhada na floresta e procurar esse cara. — ele disse. — Se ele é meu irmão gêmeo, acho que precisamos nos conhecer, não é verdade?

— Você vai até lá agora? Cuidado. — Claire parecia preocupada. — Logo vai escurecer. Nunca se sabe...

A voz de Claire foi sumindo. Dexter imaginou que ela estivesse pensando nos barulhos misteriosos que os outros tinham ouvido na noite anterior, quando ainda estava apagado. Todos tinham aquela expressão no rosto quando falavam daquilo, e ele não conseguiu deixar de pensar no que poderia deixá-los tão assustados.

Deixando esses pensamentos de lado, ele se despediu de Michael e de Claire e seguiu em direção às árvores. Entrando pelo lugar de onde vira Claire sair, seguiu por uma trilha pouco marcada, saboreando a sombra, o silêncio e a relativa falta de mosquitos. Era um mundo completamente diferente daquela atmosfera de calor, areia, coceira, zumbidos e destroços da praia.

Pelo menos era *quase completamente* diferente. Ele contornou um amontoado de arbustos e viu uma mala em péssimo estado presa nos grossos galhos de uma árvore frondosa logo à sua frente. O fecho estava quebrado e a mala estava entreaberta, despejando meias, camisetas e roupa íntima feminina pelo tronco da árvore e no chão da floresta.

Dexter olhou para a mala brevemente, pensando incomodado se aquela mala pertenceria a Claire, a Joanna ou a outra das mulheres da praia. Ou teria sido arrumada por outra pessoa, uma mulher que não tivesse sobrevivido ao acidente?

Sentindo um leve calafrio, ele seguiu em frente. Estava ficando mais escuro a cada segundo, principalmente ali, nas sombras daquela mata densa, e ele sabia que logo iria ter de dar meia-volta. Antes, porém, ele queria procurar um pouco mais por sinais do seu misterioso sósia, sem falar na busca por Daisy. Ele ainda não conseguira se livrar da culpa que sentia por acreditar que não estava fazendo o bastante para encontrá-la. É claro que ele perguntara aos outros sobreviventes. Mas aquilo tinha feito alguma diferença? Ele já tinha praticamente certeza de que ela não estava na praia. Se estivesse ali, estaria sentada ao seu lado quando ele acordou, com um garrafa d'água nos seus lábios e um sorriso confortador.

A lembrança de seu belo rosto sorridente trouxe à tona sentimentos familiares de alegria, desejo e adoração, que sempre sentia quando estava com Daisy. Mas também trouxe lampejos de desconforto, como se houvesse algo a respeito do rosto na sua memória, alguma espinha ou imperfeição que ele não conseguia visualizar. Franzindo as sobrancelhas enquanto caminhava entre árvores centenárias, ele remoia o problema como um cachorro faz com um osso. O que haveria de errado com ele? Seria apenas algum efeito da desidratação? Será que tinha batido a cabeça no desastre e sofrera uma concussão que passara despercebida a Jack?

Um inseto grande cruzou a trilha zumbindo bem na frente do seu nariz, e ele parou com o susto. Seguindo o padrão irregular do vôo do inseto enquanto este mergulhava entre as árvores, Dexter percebeu que não estava sozinho. Havia um rapaz de pé em frente a uma árvore com o tronco duplo, a alguns metros dele. Estava de costas e se inclinou sobre alguma coisa que estava no chão. Ele estava usando jeans, tênis e uma camiseta azul num tom muito parecido com o da camiseta que o próprio Dexter estava usando.

— *Aha!* — Dexter pensou num misto de triunfo, surpresa e alívio. Isso explica tudo. *O mesmo tipo físico, as mesmas roupas... não é de estranhar que as pessoas nos confundam.*

— Ei! — ele chamou, curioso para ver o rosto do outro. — Ei, você.

O rapaz se virou... e Dexter teve a sensação de estar caindo num poço escuro e profundo quando viu *o seu próprio rosto* olhando para ele.

Ele soltou um grito de espanto. O seu sósia não esboçou reação alguma, ficou apenas olhando para ele com curiosidade por um longo e aterrador instante.

Incapaz de pensar ou mesmo respirar, Dexter retribuiu o olhar. O estranho era idêntico a ele nos mínimos detalhes, mas uma observação mais detida revelava que as roupas estavam mais gastas e que o outro era um pouco mais magro.

O rosto estava sob as sombras das copas das árvores, de forma que era impossível ler sua expressão facial.

Então o outro Dexter virou-se sem dizer uma palavra. Um passo, dois, e desapareceu entre as sombras da mata. Um segundo depois, Dexter já não tinha mais certeza de que aquele homem estivera mesmo ali.

Ele ainda olhava petrificado para o lugar vazio em frente ao tronco da árvore, quando pouco depois ouviu os passos de alguém correndo atrás dele. Ele se virou a tempo de ver Michael e seu filho Walt emergindo das árvores.

— Dexter! — Michael gritou. — Tudo bem, cara? Eu ouvi você gritar.

Dexter não conseguiu responder. A boca e a garganta estavam secas e sem vida como a areia da praia. Então ele finalmente engoliu em seco, forçando-se a sair daquele torpor.

— Você viu aquilo? — ele balbuciou.

— Vi o quê? — Os olhos de Michael vasculharam energicamente a área, sua expressão era tensa. — Alguém te atacou? Era... O que foi?

— Era o Vincent? — Walt disparou animado. Ele deu um salto à frente. — É o meu cachorro. Você viu o meu cachorro? É um Labrador amarelo.

— Não. — Dexter sacudiu a cabeça, que ainda estava girando. — Desculpe. Não foi um cachorro. Também não foi um ataque. Era aquele cara...

Ele fez uma pausa, olhando para o lugar onde estava o outro Dexter. Michael olhou para ele, confuso.

— Que cara? — ele perguntou. — Aqui não tem ninguém além de nós três.

— Era um homem. — Explicou Dexter, virando-se para olhá-lo de frente. — Você se lembra do que Claire disse sobre ter visto alguém parecido comigo por aqui? Pois é, eu também vi. E ele não se parece um pouco comigo — ele é exatamente igual a mim! Nos mínimos detalhes. Foi como olhar num espelho. Assustador!

— Sério? Legal! — Walt parecia fascinado.

— É. — O rosto de Michael revelava preocupação enquanto ia de Walt para Dexter e de volta para o filho. — Legal. Assustador. Que seja. Escuta, tem certeza de que está se sentindo bem? Ainda está quente, e ficar andando por aí é uma boa forma de se desidratar de novo...

— Não, eu não tive uma alucinação, se é isso que está pensando. — insistiu Dexter. — Eu vi o cara — eu vi mesmo aquele homem. Ele estava bem ali, tão real quanto aquelas árvores. — Ele deu uma pancada num tronco próximo para dar mais ênfase às palavras.

— Certo, *o.k*, eu acredito. — disse Michael, mas seu olhar deixava claro que ele não acreditava coisa nenhuma. — Já é quase noite, e nós precisamos voltar. Você pode procurar o seu... o seu sósia ou o que quer que seja amanhã de manhã.

— Acho que tem razão. — Depois de olhar para a árvore por algum tempo, Dexter se virou para pegar o caminho que dava na praia. — Vamos.

— Eu conheço outro caminho — disse Walt. — Um atalho. Descobri hoje.

Michael lançou um breve olhar de reprovação para o filho, mas depois concordou com a cabeça. — Tá certo. Vá na frente.

Walt seguiu na frente ansioso, abrindo caminho entre os arbustos. — Por aqui. — ele gritou por cima do ombro. — Me sigam. Ou, esperem... acho que é por ali...

A voz do garoto ia sumindo enquanto ele avançava impetuoso por um bambuzal. — Walt! — Michael gritou. — Tem certeza de que sabe para onde está indo?

Dexter se apressou para não ficar para trás. — Talvez nós — Epa! — Seu pé bateu em alguma coisa sólida, e ele voou para a frente. Um galho de árvore o ajudou a manter o equilíbrio, mas a superfície áspera arranhou a pele da palma da mão.

— Tudo bem, cara? — Michael perguntou, depois de parar e olhar para trás.

— Tudo bem. Eu tropecei em alguma coisa. — Dexter olhou para baixo, procurando o que o tinha feito tropeçar.

Quando encontrou, ele olhou de novo, estupefato. No lugar de uma raiz ou de um galho caído, uma perna humana estava atravessada no caminho, vestida numa calça jeans e com um tênis de corrida branco no pé, a coxa desaparecendo em um emaranhado de arbustos que ocultava o resto do corpo. Dexter sentiu a cabeça girar levemente; naquele momento de tontura ele teve certeza de que aquele era o seu sósia, esperando deitado para fazê-lo tropeçar.

Então ele se recompôs. — Ei, Michael, — ele chamou. — Venha dar uma olhada.

Michael lançou um olhar ligeiramente preocupado na direção em que Walt tinha sumido, mas voltou até onde estava Dexter. — Qual é o... ôpa! — ele teve um sobressalto quando viu a perna. — Que diabos é isso?

— O que você acha? — Dexter disse, tenso. — Eu acho que ninguém encontrou esse cara até agora.

Michael parecia em dúvida. — Acho que é melhor a gente tirar ele daí. — ele disse. — Talvez carregar o corpo até a praia ou...?

O som de pés correndo o interrompeu, e um segundo depois Walt apareceu numa curva da trilha. — Ei! Onde vocês...? — Ôoo! — O garoto arregalou os olhos quando percebeu o que estava acontecendo. — Esse homem está morto?

— É. — Michael pigarreou. — Esse aí está morto, com certeza, cara.

— Esperem. — Dexter disse severamente, lembrando-se de quanto tempo ficara inconsciente. — Vamos tirá-lo daí para termos certeza.

Michael fez com que Walt se afastasse, e os dois abriram espaço pela folhagem para descobrir a outra perna. Então cada um agarrou um pé e puxou.

O corpo parecia surpreendentemente pesado. Uma nuvem de moscas saiu dos arbustos junto com o corpo. Ofegando pelo esforço no úmido ar tropical, Dexter deu um último puxão, e o rosto daquele corpo veio à tona. O coração de Dexter parou. — Jason? — ele murmurou.

Era um homem jovem, e não havia dúvida de que ele estava morto. Os olhos parados miravam a copa das árvores, e um cheiro desagradável saía da sua boca. O rosto estava manchado de sangue seco e ele tinha perdido uma das mãos.

Walt soltou um murmúrio de fascinação enquanto inclinava um pouco a cabeça para ver melhor.

— Eh! — Disse Michael, endireitando-se e limpando as mãos nas calças. — Pobre coitado.

O estômago de Dexter revirou desconfortavelmente quando ele olhou com mais atenção para aquele rosto contorcido, inchado e, felizmente, pouco conhecido.

6

O ESTÔMAGO DE DEXTER PULAVA COMO UM SAPO NERVOSO QUANDO O ônibus freou ruidosamente na curva, parando logo depois, diante de um prédio de tijolos coberto com hera numa alameda arborizada.

— Está entregue, querido. — disse a motorista, procurando o olhar de Dexter pelo retrovisor. — Essa é a sua parada. Boa sorte, universitário.

Universitário. Dexter sentiu um ligeiro calafrio ao ouvir aquela palavra. Sentiu vontade de explicar à motorista, uma senhora muito magra com um rosto que revelava uma vida de trabalho duro, pouca sorte e cigarros demais, que eles tinham muito mais em comum do que ela imaginava.

Não que pudesse adivinhar olhando para ele — não mais. Quando se levantou, Dexter olhou para baixo e alisou nervosamente os vincos das calças cáqui novas em folha. Elas haviam custado cinqüenta e nove dólares — até o verão passado, ele nunca tinha gastado uma quantia dessas numa única peça de roupa. Mas isso tinha sido apenas o começo. As malas que estavam no bagageiro acima da sua cabeça estavam abarrotadas com calças e camisas de grife, pares de sapatos de couro e tênis de marca, além de meias e cuecas de uma loja de departamentos chique onde nunca entrara até o último verão, e um casaco de lã tão caro e refinado que Dexter tinha até medo de pensar em usar.

Pelo menos tia Paula entendeu que eu precisava de roupas novas, Dexter pensou enquanto pegava as malas. *Já com o valor das mensalidades a coisa foi diferente...*

Ele fez uma careta, lembrando de toda a discussão:

— Mas você não pode ir para a Universidade Estadual? — Tia Paula perguntou incontáveis vezes. — Eu não entendo por que foi se interessar logo por essa universidade de grã-finos. Aquelas pessoas não são como nós, garoto. Você não vai se adaptar.

— Sua tia está sendo tão generosa, Dexy. — sua mãe disse timidamente, os olhos submissos implorando para que desistisse daquela idéia. — Por que você não fica satisfeito com isso?

Ele chegou a pensar o mesmo. Por que não ir com a corrente, deixar que o mandassem para a Universidade Estadual, e trilhar seu caminho a partir dali? Ainda seria cem vezes melhor do que qualquer expectativa que tivesse.

Mas não era bom o bastante, e no seu íntimo ele sabia disso. Entre outras coisas, Zach Carson e muitos dos seus amigos iriam para a Universidade Estadual. Como iria conseguir escapar do passado com aquela turma fazendo questão de lembrá-lo à menor oportunidade? Não seria nada mais do que uma extensão do sofrimento no colégio.

Além disso, por que não tentar ter a melhor educação que pudesse, agora que havia aquela possibilidade? Tia Paula tinha mais do que o suficiente para isso, e se ela não gastasse na sua educação e nas suas despesas, gastaria com uma nova TV de cinquenta polegadas, novos sofás de couro ou mais roupas extravagantes. E afinal, o que ele tinha a perder? Se ela se irritasse e voltasse atrás na oferta, ele estaria onde sempre esteve.

Mas lá no fundo ele sabia que a última parte era mentira. Agora que tinha vislumbrado uma saída, uma luz de esperança para o futuro, ele não podia voltar atrás. A felicidade e uma vida completamente nova estavam quase ao alcance das mãos, tão perto que ele quase sentia o gosto. Essa era a chance de recomeçar sua vida.

E talvez esse fosse o melhor motivo para insistir na universidade que havia escolhido. Se era para recomeçar, queria fazer bem feito. A aposta tinha dado certo, e ali estava ele. Ele vencera; tinha sido aceito na melhor universidade da região, e tia Paula concordara, contrafeita, em pagar as contas.

— Você vai me pagar isso um dia, lembra? — ela resmungou, enquanto preenchia o primeiro cheque. — Não se esqueça disso. É bom estudar muito, para conseguir se formar em medicina.

Medicina. Aquela era uma batalha a ser travada mais à frente. No momento, Dexter estava satisfeito por ter chegado onde chegara. Conseguira até convencer as duas de que não precisavam levá-lo até a universidade, lembrando que era uma viagem de quase três horas. Ele sentiu um calafrio ao imaginar-se preso num carro com aquelas duas por tanto tempo. E havia a perspectiva humilhante de chegar aos portões cobertos de hera da universidade no Cadillac amarelo da mãe ou na picape monstruosa de tia Paula, cheia de detalhes dourados. É claro que os carros eram a menor das preocupações. Pior era pensar em começar sua nova vida ladeado pelas duas — sua mãe, com a expressão abatida de cachorro sem dono, os cabelos arrepiados pelo excesso de tratamentos; a tia, com seu caminhar de paquiderme mal-humorado e suas roupas vulgares, um trator brega fazendo comentários idiotas em voz alta sobre tudo o que via...

Estremecendo ao pensar no que teria sido aquilo, ele agradeceu às estrelas da sorte o fato de elas terem concordado em deixá-lo na rodoviária. Então afastou o passado dos pensamentos e se concentrou no futuro. Ali estava ele, e sozinho, exatamente como queria.

Era uma tarde morna de agosto, e Dexter lutava com as malas enquanto as arrastava pela calçada. Seguindo as setas de sinalização provisória, ele chegou no gramado da universidade, a um quarteirão do ponto de ônibus. Ali ele fez uma pausa, soltou as malas no chão e alongou os braços enquanto olhava em volta.

Era exatamente como ele tinha imaginado. O gramado se estendia à sua frente, cobrindo uma área de alguns quarteirões, a grama bem aparada pontilhada aqui e acolá com canteiros de flores, esculturas e árvores frondosas. Nos seus limites estavam grandes prédios de tijolo e pedra, brilhando com a pátina de gerações, suas janelas como olhos envidraçados observando o movimento tal e qual velhos professores benevolentes usando óculos.

E para todo lugar que olhava via grupos de estudantes conversando, rindo, jogando *hacky sack*, ouvindo música ou correndo aqui e ali. Todos pareciam absurdamente felizes, inteligentes, ricos e completamente confiantes. Por um instante a dúvida se instalou em sua mente, minando seu otimismo... O que o teria feito pensar que aquelas pessoas seriam diferentes de Zach, de Daryl ou dos outros idiotas do colégio? Por um instante ele quis poder desistir de tudo, desaparecer numa falha da calçada antes que percebessem a sua presença.

Então endireitou o corpo, lembrando a si mesmo que ele *queria* que reparassem nele. Afinal de contas, aquelas pessoas não sabiam nada a seu respeito. Pelo que sabiam — e por tudo o que *saberiam* a seu respeito — ele era um deles.

Testando uma confiança que ainda não sentia, Dexter enfeitou o rosto com um sorriso cordial e se aproximou de um rapaz da sua idade que estava encostado num poste ali perto, lendo um formulário que parecia oficial.

— Com licença. — disse Dexter

O rapaz levantou os olhos. Ele tinha boa aparência, usava *shorts* cáqui e uma camisa pólo de grife que provavelmente custara mais do que o aluguel da casa da mãe de Dexter. Por um segundo, Dexter evitou o olhar do outro. Ele esperou que o estranho de aparência abastada fizesse alguma gozação ou mostrasse o seu desprezo, e talvez chamasse os amigos para participar da festa.

Em vez disso, o rapaz retribuiu o sorriso. — E aí, tudo bem? — ele disse.

Dexter ficou tão impressionado que precisou de algum tempo para responder. — É... Desculpe. — ele gaguejou. — É, eu estou procurando a... a secretaria. Eu acho que tenho que registrar minha chegada ou coisa parecida...

A voz foi se perdendo, e ele se sentiu um idiota. Nada do seu novo Eu, tranqüilo e confiante. Até aquele momento, o SuperDexter ainda se parecia demais com o velho Dexter.

— Sem problema. — disse o rapaz, sem demonstrar que havia notado o acanhamento de Dexter. Ele apontou para um dos edifícios imponentes no gramado. — É aquele prédio de tijolos logo depois do gramado. Acabo de vir de lá. Você também é calouro?

— Sou. — Dexter soltou um ar que nem sabia que estava segurando e sorriu para o rapaz. — É, sou. Obrigado.

— Tranqüilo. A gente se vê.

Dexter se apressou na direção que o rapaz indicara, agora mal notando o peso das malas. *Isso pode dar certo!* ele pensou, permitindo-se acreditar pela primeira vez. *Isso pode realmente dar certo!*

Mesmo depois de ficar sabendo a respeito do dinheiro, mesmo depois de ter sido aceito na universidade, mesmo depois de ter visto tia Paula preparar o cheque... mesmo depois de tudo aquilo, ele ainda não tinha ousado acreditar que sua vida iria mesmo mudar. Mas agora...

Enquanto andava lentamente em direção ao prédio, evitando seus colegas calouros, ele mergulhou em um devaneio feliz. Viu-se fantasiando com um círculo de amigos como o rapaz que acabara de conhecer, com as conversas no gramado ou os estudos em grupo para uma prova difícil. Com professores velhos e sisudos passando muito material interessante para leitura, ou com estar sentado em silêncio num canto quieto da biblioteca entre volumes antigos, empoeirados, encadernados em couro, praticamente alheio à passagem do tempo enquanto bebia da beleza de algum clássico da literatura. Com grandes auditórios lotados de estudantes atentos a cada palavra de um professor popular, ou seminários mais reservados, onde defenderia suas opiniões a respeito de política ou filosofia...

E quanto ao curso de medicina, garoto?

A voz rude e imperativa invadiu o sonho como uma ducha de água fria. Dexter estremeceu, fazendo o possível para afastá-la. Sua mãe e sua tia estavam convencidas de que agora que ele estava freqüentando uma universidade chique e cara, ele retribuiria tornando-se médico — especificamente, algum tipo de cirurgião que ganhasse muito dinheiro. Elas não pareciam se lembrar de que Dexter sempre tivera que se esforçar muito para acompanhar as aulas de ciências na escola, sempre preferindo língua e história. Mas ele estava tentando não se preocupar com isso até que fosse necessário.

Ele foi tirado desses pensamentos inquietantes por uma mecha de cabelo loiro e uma risada leve, musical. Virando-se, ele bateu os olhos na garota mais bonita que já tinha visto na vida.

Loira e delicada, ela estava conversando e rindo com uma amiga na beira da calçada, mas Dexter mal reparou na outra garota. Todo o seu ser estava grudado na imagem da loira. Ela parecia inundar todo aquele verde com sua doçura — seu cabelo sedoso cor de trigo, seus olhos de flor azul, seu corpo esbelto e bronzeado...

Ele engoliu em seco, percebendo que toda a paixão de uma vida que sentira por Kristin como-é-mesmo-o-nome-dela fora brincadeira de criança, um mero ensaio para *aquele* sentimento. Aquele sentimento tomou conta dele, fez com que se sentisse pequeno e insignificante e ao mesmo tempo mais vivo do que nunca. Ele não queria que aquele momento terminasse; não queria deixar de olhar para ela, de adorá-la, agradecer às estrelas da sorte por finalmente tê-la encontrado...

Nesse momento as duas perceberam que ele estava ali e olharam também para ele, curiosas. Seu rosto corou e ele tentou se esquivar, mas não conseguia desviar os olhos do rosto daquela garota.

Em vez disso, convocou sua coragem recém — descoberta e caminhou na direção das duas. — O-oi. — ele gaguejou.

— Oi. — ela respondeu com tranqüilidade, a voz quase tão musical quanto o riso. —E aí?

Quando dirigido a ele — a ele! —, aquele sorriso era lindo demais para ser real. Dexter ficou mudo. — Você...ãhn... — ele começou, sentindo aquele branco.

— Desembucha, garoto. — disse a outra, uma bela morena, com uma pitada de desdém na voz.

Ele a ignorou, mantendo o olhar na loira. — Secretaria. — ele conseguiu dizer afinal. — Hum, eu estou procurando a secretaria. Você... você sabe onde fica?

Ela riu de novo, mas, ao contrário da amiga, não havia o menor sinal de arrogância quando respondeu. — Claro. — ela disse. — Você está bem em frente a ela, gatinho.

Ela se virou bruscamente e saiu, seguida pela amiga. Dexter ficou parado e a acompanhou com os olhos até que desaparecesse no meio dos estudantes. Então, como se tivesse acabado de descobrir o sentido da vida, ele se virou e ganhou os largos degraus de cimento do prédio à sua frente, deixando uma pilha de malas sobre o gramado do lado de fora. Ele desconfiava de que tinha um sorriso bobo no rosto, mas não estava preocupado com a opinião das pessoas. Ele só conseguia pensar Na Garota.

O ar parado e o brilho tênue do saguão do prédio, além da multidão de estudantes, o trouxeram de volta à realidade. Deixando tudo momentaneamente de lado, ele se determinou a encontrar o lugar certo. Logo ele estava entrando numa longa fila que serpenteava até um balcão alto, atrás do qual vários funcionários com expressão séria trabalhavam em frente a telas de computador.

Enquanto esperava, os pensamentos de Dexter voltaram para a loira. Agora que a emoção do encontro passara, a ansiedade já estava tomando conta. Aquela universidade era grande — os calouros, sozinhos, eram milhares. E se ele nunca mais a encontrasse?

Dexter entrou em pânico por um momento. Mas depois garantiu a si mesmo que iria encontrá-la. Ele iria encontrá-la novamente, não tinha a menor dúvida. Afinal, o SuperDexter podia fazer qualquer coisa.

— Nome?

— Hã? — Dexter pestanejou, percebendo que tinha chegado a sua vez. Ele olhou para o funcionário com expressão de enfado do outro lado do balcão.

— Nome? — o homem repetiu sem se incomodar em levantar o olhar.

— Ah. Dexter. — ele respondeu indiferente. — Dexter Joseph Stubbs.

7

— ENTÃO, PARA QUANDO É O BEBÊ? — DEXTER PERGUNTOU A CLAIRE.
Ela levantou os olhos da laranja que estava descascando. — Para daqui a mais ou menos um mês. — ela respondeu, afastando uma mecha de cabelo dos olhos, piscando ao sol da manhã.

Ele sorriu. — Caramba, você deve estar ficando bem nervosa e ansiosa, não é?

— É. — Ela voltou a olhar para a laranja, as mãos paradas e uma expressão inquieta no rosto. — Eu não sei se prefiro que ele venha logo ou que demore mais, sabe? Às vezes sinto que prefiro acabar logo com isso tudo — a gravidez, as dores e os incômodos. Então digo a mim mesma que devo estar ficando louca, e que deveria estar curtindo este momento. Pelo menos é isso o que todo mundo diz. Então outras vezes eu quero que isso continue pelo maior tempo possível, já que não sei se vou conseguir segurar as pontas quando o bebê chegar... — Ela sacudiu a cabeça e forçou um riso. — Eu acho que sou louca, só pode. Alguém como eu deveria ser proibida de ter um bebê.

— Você não pode pensar assim — Dexter a repreendeu com tato, sentindo a ansiedade em sua voz e desejando ajudá-la a se sentir melhor. — É natural que você fique um pouco assustada quando passa por uma grande mudança na vida, como ter um bebê. Qualquer um se sentiria assim.

— Verdade? — Ela sorriu, iluminando o rosto, como um raio de sol atravessando as nuvens. — Obrigada. Acho que é bom ouvir isso de vez em quando.

Os dois ficaram sentados em silêncio por algum tempo. Em volta deles havia a agitação ruidosa do começo do dia na praia, que já estava se tornando familiar depois de apenas alguns dias. Claire terminou de descascar a laranja e cortou-a em pedaços. Dexter a observava, os pensamentos vagando para a descoberta horripilante da tarde anterior. Ver Jason jogado entre os arbustos, enrijecido e sujo de sangue, o fez lembrar que aquela situação era séria e muito real. Principalmente porque não fazia idéia do que acontecera com Daisy.

— Dexter, Terra para Dexter.

Dexter piscou os olhos, percebendo que Claire estava agitando um pedaço de laranja diante do seu rosto. — Desculpe. — ele disse. — Acho que estava no mundo da lua. É que eu estava pensando...

— No corpo que encontrou ontem? — Claire disse com suavidade, terminando a frase para ele.

Dexter olhou para ela surpreso. Era impressionante a velocidade com que as notícias se espalhavam pela praia. — É, eu acho que sim. — ele admitiu. — Foi um pouco chocante.

— Tome. — Ela ofereceu um pedaço de laranja, o olhar compreensivo. — Soube que era alguém que você conhecia. Deve ter sido duro. Espero que não seja ninguém especial para você...

— Não exatamente. — Dexter mordeu o pedaço de laranja. O suco que invadiu sua boca era tão doce que seus lábios se contraíram. — Ele não era tão próximo. — ele disse depois de engolir. — Era o irmão mais velho da minha namorada, eu só o conheci algumas semanas atrás quando fomos passar férias juntos na Austrália.

— Oh. — Claire pigarreou, tinha uma expressão de dúvida. — Hum, sua namorada. Ela também... ela também estava no avião?

Dexter hesitou, então abriu a boca para responder. Antes que dissesse alguma coisa, ouviu alguém chamando seu nome. Levantando o olhar, ele viu Jack correndo na direção deles.

— Aí está você. — disse o médico, parecendo um tanto aborrecido. — Estava te procurando. — Notando a presença de Claire, dirigiu a ela um breve sorriso. — Como está se sentindo, Claire?

Claire colocou uma mão protetora sobre a barriga. — Estou bem, obrigada. — ela disse. — Está chutando de novo.

— Bom, bom. — Jack voltou a olhar para Dexter. Seus olhos estavam cansados e um pouco distraídos. — Escute, Dexter, ouvi dizer que você tem experiência em Psicologia.

— O quê? Não exatamente. — Dexter protestou, um pouco alarmado. — Eu sou apenas um calouro em Psicologia, e isso é tudo. Um calouro. Só tivemos uma meia dúzia de aulas até agora.

— É o bastante. — disse Jack. — É o seguinte, muitas pessoas estão tendo problemas para lidar com o fato de estarem aqui. — Ele fez um movimento com a mão, indicando os sobreviventes atarefados que subiam e desciam a praia. — Não é de estranhar, concorda?

Claire riu baixinho. — Não, não é. — ela disse, com a mão ainda descansando sobre a barriga.

— Enfim, eu estou ocupado demais agora para cuidar disso. — O olhar de Jack se voltou para a praia, na direção da barraca-enfermaria, um abrigo improvisado construído com um encerado azul e outro amarelo e peças dos destroços. Lá dentro, Dexter sabia, estava um homem com um ferimento grave, grande e feio na barriga. O homem — ninguém sabia seu nome — escapara vivo do desastre, mas com um estilhaço de metal perfurando a lateral do abdômen e, no dia anterior, Jack tinha removido o estilhaço e costurado o ferimento. Naquela manhã, as pessoas na praia estavam falando em voz baixa a respeito do homem. Os poucos que o tinham visto não achavam que tinha grandes chances. Dexter tinha certeza de que Jack estava fazendo tudo o que podia naquelas circunstâncias, mas se o resgate não chegasse logo...

53

— Eu sei. — Dexter disse, sentindo um arrepio. — Eu entendo.
— E é aí que você entra. — Jack sorriu e passou as costas da mão numa sobrancelha, que estava encharcada de suor. — Eu agradeço se você puder conversar um pouco com alguns deles... veja o que pode fazer. Não vai tirar pedaço e pode ajudar, certo?
— Eu não sei... — Dexter começou a falar, em dúvida, alisando a cicatriz no queixo. Ele temia que Jack estivesse esperando demais dos seus conhecimentos de calouro em Psicologia. Além disso, Dexter tinha planejado voltar à floresta e continuar a busca por Daisy.
— Ah, vai, Dex. — Claire incentivou. — A conversa que tivemos agora há pouco fez com que eu me sentisse melhor. Você leva jeito pra coisa, sabia? Ainda será um grande psicólogo.
Dexter corou com o elogio. — Obrigado. — Ele continuou hesitante, ainda pensando em Daisy. Mas finalmente olhou para Jack e concordou com a cabeça. — Tudo bem. Vou fazer o possível para ajudar.
— Ótimo. — disse Jack.
— Afinal, a minha família tem uma grande tradição nessa coisa de ajudar o próximo. — Dexter continuou, tentando se fortalecer psicologicamente para a tarefa. — Tem até uma Fundação Cross dedicada a coisas como...como... — Ele fez uma pausa, confuso quando não conseguiu lembrar de nenhum exemplo. — Como, é... — ele tentou outra vez. — Eu... eu não consigo lembrar agora. Mas é coisa boa, importante, eu sei disso. É uma das mais respeitadas organizações de caridade do mundo. E talvez uma das maiores... eu não tenho certeza...
Dexter ficou com o rosto sério, pensando no que poderia haver de errado com ele. Ele tinha tido o cuidado de beber bastante água para afastar a desidratação, e sua mente estava clara como sempre. Então por que não conseguia lembrar de um detalhe tão básico da sua própria vida?
Finalmente ele sacudiu a cabeça e a soltou. Mas Jack não parecia interessado nos detalhes. Ele entregou a Dexter uma pequena

lista de pessoas que podiam precisar da sua ajuda, então agradeceu e se apressou na direção da barraca-enfermaria.

— Uau, sua família tem uma fundação? — Claire perguntou quando Jack já tinha saído. — Estou impressionada.

— É. — Dexter deu de ombros. — O meu... o meu avô Cross... não, meu bisavô... um dos dois criou a fundação quando ficou milionário com o mercado de ações. Eu acho.

Ele fez o possível para se concentrar e lembrar das informações certas, irritado com os estranhos lapsos de memória. Como podia ajudar outras pessoas a recuperar a sanidade quando uma grande parte da sua própria mente parecia perdida no espaço? Por mais que tentasse, a única coisa que conseguia visualizar quando pensava na Fundação Cross era a inexplicável imagem desfocada de um paramédico empurrando uma maca.

Ele sacudiu a cabeça, frustrado consigo mesmo. — Bem... — ele disse a Claire, ficando de pé. — Tenho certeza de que as lembranças vão voltar. Nós provavelmente ainda estamos em estado de choque, pelo menos um pouco.

— Talvez. — ela concordou.

Deixando-a sozinha para que terminasse seu café da manhã, Dexter avançou pela praia em direção à primeira pessoa da lista, uma mulher chamada Rose. Ele a encontrou sentada logo acima da linha da maré, olhando para o mar.

— Olá. — ele disse, sentando na areia ao lado dela. — Lembra de mim? Nós nos conhecemos ontem, o meu nome é Dexter.

Ela não respondeu. Suas mãos estavam no pescoço, acariciando as contas de um colar que usava. Ela tinha um leve sorriso nos lábios, e seu olhar não saía do horizonte. Dexter tentou chamar sua atenção mais algumas vezes, mas foi inútil. Ela continuava em silêncio e distante, parecendo não perceber que ele estava ali. Por fim ele a deixou, sentindo-se um pouco desestimulado em sua primeira tentativa como terapeuta.

Felizmente teve mais sorte com os "pacientes" que encontrou em seguida. Primeiro ele passou vinte minutos com Janelle, uma jovem de olhar inquieto que conhecera no dia anterior. Quando a deixou, Dexter tinha certeza de que conseguira animá-la um pouco. Depois ele conversou um pouco com Arzt, que, apesar das preocupações de Jack, parecia estar bem aos olhos de Dexter — apenas carrancudo e queimado de sol.

O próximo da lista era Hurley, o grandalhão que tinha assumido a tarefa de recolher e organizar os suprimentos de água e comida do avião. Nas últimas vinte e quatro horas, parece que também estava servindo como enfermeiro amador de Jack, passando grande parte do tempo com ele e o homem do estilhaço na barraca-enfermaria.

Dexter o encontrou vasculhando uma mala na sombra da asa do avião. — Ei. — ele disse. — Tudo bem?

— Bem. — Hurley ergueu os olhos, estava com o rosto vermelho e ofegava pelo esforço. — As pessoas colocam umas coisas estranhas nas malas.

Dexter sorriu. — Ah, é?

— Pode crer. — Hurley agitou a cabeça para afastar o cabelo encaracolado do rosto suado. — É incrível. Já vasculhei essas malas tipo umas três vezes, procurando remédios e tal, e você não ia acreditar nas coisas que eu encontrei.

— Está procurando remédios? — Dexter olhou para a enfermaria. — Para aquele cara?

— É, eu acho. — Hurley deu de ombros e acrescentou com um resmungo, — Não que vá adiantar grande coisa...

Ignorando o comentário, Dexter olhou para a mala. — E então, achou muita coisa?

— Que nada. — Hurley disse desanimado. — Jack disse para procurar por antibióticos, sacou? Mas não achei quase nada. E já vasculhei tudo. — Ele acenou na direção da pilha de malas ali perto. Então engoliu em seco e olhou para algo por cima do ombro de Dexter. — Quase tudo.

Dexter olhou para trás e viu a fuselagem. — Você procurou ali dentro?

Hurley fez que não com a cabeça. — Sem chance, velho. Corpos.

Dexter estremeceu, pensando nas vítimas que ainda estavam presas nas ferragens do avião. Depois de alguns dias sob aquele sol tropical...

— Entendo o que está dizendo. — ele disse para Hurley, afastando a súbita imagem de Daisy presa inerte no assento, com moscas andando sobre seus olhos azuis estáticos. — Eu não te condeno.

Ele mudou de assunto imediatamente, e os dois conversaram sobre a esperada equipe de resgate e assuntos variados enquanto Dexter ajudava Hurley na tarefa de vasculhar a bagagem. Mas Dexter não conseguiu deixar de notar que o outro olhava insistentemente para a fuselagem, sua expressão normalmente animada escurecia a cada olhada. Aquilo o irritava um pouco, principalmente quando pensava nos horrores ocultos ali dentro.

Eu preciso procurar por Daisy ali dentro. Aquele pensamento intrometido e indesejado latejava na sua mente. *E se ela estiver ali dentro?*

Ele olhou nervoso para a fuselagem, que emergia da areia como uma lápide metálica polida. Não. Ela não podia estar ali dentro.

Mas e se estiver?

Quanto mais Dexter tentava afastar a idéia, mais irracionalmente convencido ficava de que Daisy estava inerte ali dentro, cozinhando na carapaça metálica do avião, como num forno. Era quase como se estivessem controlando sua mente, alguém racional e impiedoso.

Ela não está na praia, insistia a voz, com sua lógica fria. *Ela não está na floresta. Onde mais ela pode estar?*

— Ei, tudo bem? Você tá com uma cara de doente, sei lá.

Percebendo que Hurley olhava apreensivo para ele, Dexter forçou um sorriso. — Tudo bem. — ele disse. — Mas acho que é melhor eu sair do sol.

Hurley pareceu concordar. — Boa idéia. — ele disse, enxugando a testa com um par de shorts que acabava de tirar de uma mala. — Esse sol é mortal.

Dexter se despediu e tomou a direção da orla da floresta, cuidadosamente evitando olhar os destroços da fuselagem, que brilhavam ao sol. Ele sabia que tudo o que tinha de fazer era entrar ali e procurar. Nada demais.

Mas por algum motivo não conseguia. Ele não conseguiria entrar ali. Talvez a aversão de Hurley tivesse passado para ele, ou talvez não suportasse a idéia do cheiro, das moscas, do desalento.

Mas eu preciso, ele disse para si mesmo. *Eu preciso saber se ela está ali dentro.* Ele estava tão concentrado em convencer a si mesmo que quase esbarrou em Jack, que vinha apressado na sua direção. — Desculpe. — Dexter disse saindo dos seus devaneios.

— E então, como vai indo? — Jack perguntou. — Acho que você deveria conversar com mais uma pessoa. — Scott se perdeu na floresta, e agora que voltou está meio perturbado. Você pode conversar com ele agora?

— Claro. — disse Dexter, feliz por ter uma desculpa para interromper aquela linha de pensamentos. — Claro que posso falar com ele agora. Claro.

Ele seguiu Jack, seu alívio ligeiramente maculado por uma breve pontada de culpa.

8

DEXTER OLHOU PARA O HORÁRIO DE AULAS QUE TINHA NAS MÃOS, E depois para o papel escrito à mão pregado ao lado da porta da sala de aula, sentindo uma breve pontada de culpa. "Introdução à Literatura Inglesa," dizia o papel. Dexter podia imaginar o que sua tia diria se soubesse que estava freqüentando aquele tipo de aula: *por que está perdendo seu tempo e o meu dinheiro com essa porcaria de gente fresca?*, ela perguntaria incisiva, contorcendo o nariz. *Use esse cérebro que todos dizem que você tem pra alguma coisa útil. Quando for um médico rico, poderá comprar todos esses livros frescos de literatura que quiser.*

Dexter fez uma careta por causa daquele pensamento. A maioria das matérias em que havia se matriculado seria suficiente para agradar tia Paula — Química, Biologia, Economia, Espanhol. Mas ele não conseguiria se graduar sem alguns créditos em humanas. Então por que não escolher algo de que gostasse, mesmo se não rendesse proventos no futuro? Ele sempre adorou as aulas de Literatura do colégio; devorava os livros que os professores passavam e terminava antes mesmo que os colegas parassem de reclamar por causa da leitura obrigatória.

E, afinal, o SuperDexter não pode permitir que uma dupla de mulheres amargas lhe digam o que fazer, ele pensou, rebelde.

O SuperDexter quer ampliar seus horizontes e está disposto a fazer o que for preciso para isso.

Ele sorriu e varreu o corredor cheio com o olhar, satisfeito por ninguém poder ouvir seus pensamentos. Sentindo-se melhor, ele avançou em direção à porta da sala e olhou para dentro. Não havia sinal do professor, mas uma dúzia de estudantes já estava sentada nas carteiras gastas ou conversando na frente da sala.

— E aí, Dex? — ele ouviu uma voz familiar. — Beleza?

Dexter inclinou a cabeça para fora da sala e olhou para o corredor. Vindo na sua direção estava Lance, um colega que vivia no mesmo dormitório, do outro lado do corredor. Lance também era calouro e tinha sido recrutado para o time de basquete da universidade. E, além de ser alto, atlético e popular, era um dos caras mais inteligentes que Dexter já havia conhecido. Desde a primeira vez em que se viram, Dexter se esforçava para não se deixar pela velha mania de se sentir completamente intimidado por pessoas como Lance. Mas ele estava se saindo muito bem no combate àquele hábito — e até aquele momento parecia estar funcionando.

— Fala, Lance — ele disse, fazendo a voz soar tão casual e espontânea como a de Lance. Quando o colega chegou mais perto, ele levantou a mão para um cumprimento. — Tudo certo?

Lance deu um tapa na mão de Dexter com um sorriso. — O segredo é tentar sobreviver à primeira semana. — ele disse. — Cara, os professores daqui são jogo duro, eu já tenho uma resenha pra escrever e uns oito capítulos pra ler e só assisti uma aula hoje!

Dexter riu. — É, e eu acho que o meu professor de química quer nos matar. Aposto que vou ter alguma coisa pra ler nesta aqui. — Ele indicou o aviso na porta da sala com o polegar. — Você vai fazer este curso?

— Tô fora, cara. — Lance balançou a cabeça. — Já tive a minha cota de aulas de literatura no colégio. Me matriculei em Psicologia 101 pra fazer as obrigatórias de humanas, bem mais tranqüilo.

— Legal. É melhor eu ir andando. — disse Dexter. — A gente se vê.

— Falou. Se quiser, bate na minha porta antes do jantar, certo? Podemos ir juntos pro refeitório. — Lance o cumprimentou com o punho fechado e se virou. — Não esquenta a cabeça demais, meu irmão!

— Até mais. — Dexter se sentia como se tivesse acabado de ganhar um milhão de dólares quando entrou na sala. Se alguém como Lance queria ser seu amigo, ele não podia ser tão idiota assim. Talvez as pessoas em casa — Tia Paula, o pessoal da escola — estivessem enganados a seu respeito todos esses anos.

Ele procurou uma carteira vazia. Quando estava se preparando para sentar nos fundos da sala, olhou para a frente... e seu coração deu um pulo. Ali, sentada na primeira fila, estava a garota do gramado! Sua cabeça loira estava inclinada sobre alguns papéis à sua frente, mas ele a teria reconhecido em qualquer lugar. Ele tinha ficado atento a qualquer sinal dela desde aquele primeiro encontro, alguns dias atrás, mas ainda não a tinha visto. Até aquele momento.

Dexter ficou subitamente estático e engoliu em seco. Aquela era sua chance. Teria coragem de agarrá-la?

O que o SuperDexter faria? Ele perguntou a si mesmo.

Aquilo lhe deu coragem. Ele respirou fundo, andou até a primeira fila e sentou numa carteira vazia ao lado da garota.

Ela levantou o olhar e o viu. Ele sorriu.

— Ei. — ele disse, fingindo surpresa. — Mas é você.

Por uma fração de segundo ela pareceu confusa, então abriu um sorriso. — Ah. — ela disse. — O garoto que não conseguia achar a secretaria.

Seu tom era divertido, e não maldoso, e ele sorriu. — É, sou eu mesmo. — ele disse. — Se tivesse chegado mais perto, tinha tropeçado no prédio.

Ela riu, divertida, e estendeu a mão. — Meu nome é Daisy, — ela disse. Daisy Ward.

— Dexter Stubbs. — ele respondeu, segurando a mão. Sua pele era macia e morna, e ele não queria mais soltar aquela mão. — Você é caloura?

— Sou, — ela disse. — Graduação em Literatura Inglesa, pelo menos até o momento. O meu pai diz que eu provavelmente vou mudar de idéia pelo menos quinze vezes antes de me formar. — Ela soltou uma das suas adoráveis risadas musicais. — Eu acho que ele espera secretamente que eu me forme em Economia, exatamente como ele fez quando estudou aqui, um milhão de anos atrás. E quanto a você?

— Calouro. Indeciso. — disse Dexter. — Mas estou pensando em... em me graduar em Inglês também. — Aquilo era verdade, pelo menos tecnicamente. Ele tinha pensado naquilo. Mas também sabia que a tia nunca permitiria, não enquanto estivesse pagando as contas.

Esforçando-se para afastar aqueles pensamentos negativos, ele procurou se concentrar ao máximo no que Daisy estava dizendo. Ela falava dos autores preferidos e das aulas do colégio. Em pouco tempo, eles estavam conversando sobre livros e literatura como se já se conhecessem há muito tempo. Apesar de ter esperado por aquela aula o dia todo, Dexter ficou desapontado quando o professor entrou e pediu silêncio.

Quando a aula acabou, uma hora depois, Dexter vasculhava freneticamente a mente em busca de algo espirituoso para dizer a Daisy, para que ela ficasse e eles conversassem um pouco mais. Ele não sabia praticamente nada a respeito dela e não conseguia suportar a idéia de esperar até a próxima aula de Literatura, dali a dois dias, para saber mais.

Para sua surpresa, ela foi a primeira a falar quando o professor deu a aula por encerrada. — E então, o que achou, Dexter Stubbs? — ela perguntou. — Você não está pensando em desistir da Literatura, está?

— De jeito nenhum. — ele disse no ato, sentindo um ligeiro pânico. — Ele nunca tinha pensado naquela possibilidade, mas e se ela tivesse? E se ela desistisse da matéria e eles nunca mais se vissem? — E você? — ele perguntou com o tom mais casual que conseguiu arranjar.

Ela começou a arrumar os cadernos e a colocá-los na mochila. — Não. — ela disse com suavidade. — Acho que vai ter de me agüentar o semestre todo. Espero que não se incomode.

— Nem um pouco. — ele soltou, dominado pela sensação de que a garota mais linda, mais incrível que já conhecera estava... sim... *flertando* com ele!

Ela sorriu. — Que bom. E pra onde vai agora?

Antes que ele conseguisse entender o que estava acontecendo, os dois estavam caminhando juntos pelo *campus*, indo para um café. — Então, você disse que o seu pai também estudou aqui, não foi? — ele disse. — Que legal.

Ela deu de ombros. — É. Mas algumas pessoas acham que isso facilitou as coisas pra mim, o legado e tudo mais.

— Legado? — Dexter repetiu. — O que isso quer dizer?

— Nunca ouviu falar em legado? Isso quer dizer que os seus pais ou avós, enfim, freqüentaram esta escola, o que implica numa chance muito maior de ser aceito. Algumas pessoas acham que você é aceito automaticamente, mas isso não é verdade.

Ela revirou os olhos. — Mas como a nova biblioteca de negócios foi batizada com o nome do meu pai, é difícil convencer algumas pessoas de que fui aceita pelos meus próprios méritos.

— Verdade? — Dexter lançou um olhar rápido para ela, achando que talvez estivesse brincando.

Mas seu rosto estava sério. — É. — ela disse. Ele doou o dinheiro para reformar a biblioteca há alguns anos. — Ela fez um meneio com a cabeça, e uma mecha de cabelo loiro lhe caiu sobre os olhos. — Mas chega da falar de mim. Como é a sua família, Dexter? Alguém da sua família freqüentou esta escola, ou doou dinheiro para algum prédio, ou algo assim?

Ele hesitou. Ela estava sendo tão sincera com ele, que ele se sentiu mal em esconder a verdade sobre si mesmo. Mas o que mais podia fazer? Se ela descobrisse quem ele realmente era, que a carapaça do SuperDexter ocultava um *nerd* sem um tostão, não havia a menor chance de que uma garota linda, elegante e rica como ela quisesse continuar convivendo com ele. Além do mais, se aquilo vazasse, seria o fim do SuperDexter. Ele seria apenas mais um caso de caridade, como o garoto do seu corredor que tinha três empregos para complementar a bolsa.

— Não, nada de legado. — ele disse por fim, chutando uma pedra ao acaso. — Meus pais se formaram em Princeton. Eles quase me deserdaram quando ficaram sabendo que eu queria vir para cá. — Seu riso pareceu natural até para ele mesmo. — Eu estou brincando. Eles não viram problema algum nisso.

— E o que eles fazem? — Daisy perguntou. — E onde eles moram?

— Os dois são advogados em... em Nova York. — Dexter sentiu um lampejo de desconforto quando outra mentira escapuliu. Como ele iria levar aquela mentira adiante? Jamais colocara os pés em Nova York. — É, mas eu fui para um internato, então eu moro em... é... Connecticut. — ele acrescentou de imediato. Daisy tinha mencionado que sua família era do Estado de Virginia, então ele acreditou que aquela era uma escolha segura.

— É mesmo? Que escola? — Daisy perguntou interessada. Antes que Dexter entrasse em pânico, ela acrescentou, — Choate, Hotchkiss?

—É. — ele disse aliviado. — Hum, a segunda, Hotchkiss.

— Ah, tá. Eu conheço centenas de pessoas que estudaram em Choate, mas apenas uma que estudou em Hotchkiss. Ele trabalhou para o meu pai. E deve ser uns cinco ou seis anos mais velho do que você. — ela disse. — Você não deve conhecer. Jackson Halloway?

Dexter fez que não com a cabeça. — Nunca ouvi falar dele.

Ela fez outras perguntas, e ele conseguiu se sair bem sem derrapar. Na verdade ele estava um tanto surpreso com a facilidade com que as histórias rolavam pela sua língua... isso sem falar na facilidade com que Daisy acreditava nelas.

Sua tia Paula teria dito que aquilo era porque a maioria das pessoas já nasce safada. Mas Dexter preferia ver as coisas de outra forma. Talvez a nova versão de si mesmo estivesse se saindo bem porque era na verdade quem ele deveria ter sido. Se ele acreditasse no SuperDexter, ele se tornaria o SuperDexter.

Ele sorriu para si mesmo quando chegaram ao café e ele segurou a porta para que Daisy entrasse. É, ele gostava daquela teoria. Ele gostava muito daquela teoria.

9

DEXTER ESTAVA SENTADO NUM PEDAÇO DOS DESTROÇOS CONVERSANDO com Scott e seu amigo Steve quando ouviram um grito vindo da orla da floresta. — Eles voltaram! — gritou um senhor que Dexter não conhecia, agitando as mãos. — Eles voltaram!

— *Quem voltou?* Dexter perguntou, protegendo os olhos com uma mão enquanto olhava naquela direção.

— Deve ser a patrulha do transmissor. — disse Steve.

Scott ficou em pé para enxergar melhor. — Acho que isso quer dizer que o que quer que esteja lá, não os pegou, afinal de contas. — Ele olhou para Dexter. — Steve queria fazer uma aposta em quantos iriam conseguir voltar inteiros.

Em toda a praia, as pessoas murmuravam, olhavam para a floresta e corriam naquela direção para enxergar melhor. Hurley veio chegando, os braços cheios de garrafas. — E aí, pessoal. — ele cumprimentou Dexter e os outros. — Qual é o motivo de tanta animação?

— Parece que o pessoal do transmissor está de volta. — Scott respondeu. — Você sabe, Sayid, Kate e o resto do pessoal. Alguém os viu vindo para cá.

— Mentira! — Hurley olhou para a orla da floresta com os olhos esbugalhados. — Velho, como eles não apareceram ontem à noite, eu estava achando que aqueles caras já eram.

— Eu também. — disse Steve.

Dexter se levantou e esticou o corpo, mantendo o olhar atento nas árvores. Pouco depois, seis pessoas apareceram ali, inclusive a loira que ele confundira com Daisy, a ruiva, o rapaz chamado Boone e mais três homens. Todos estavam suados e pareciam cansados, mas bem.

Hurley soltou um longo assobio. — Mas é verdade! — ele gritou. — Eles voltaram! Ei, alguém precisa avisar o Jack!

Aparentemente decidindo que ele deveria ser este alguém, Hurley soltou as garrafas na areia e sumiu correndo pela praia. Steve e Scott acompanharam o restante do grupo para cumprimentar os seis. Dexter seguiu o mesmo rumo, alisando distraidamente sua cicatriz. Muitas pessoas já tinham falado sobre o grupo que seguira em direção à montanha à procura de um sinal para o transmissor que alguém tinha encontrado nos destroços da cabine do avião, e ele já tinha desconfiado de que devia ser o mesmo grupo que encontrara brevemente depois de acordar, no dia anterior. Quando olhou para a loira — Shannon, foi assim que um dos companheiros a chamou —, ele sentiu que corava de vergonha pela forma como a tinha agarrado, pensando ser Daisy. Agora que olhava com mais atenção, entendeu porque havia se confundido. Elas de fato eram muito parecidas, mas Shannon devia ser um pouco mais velha.

— Atenção, todos! — O homem à frente do grupo, um árabe bem apessoado, olhou para as pessoas que se aglomeravam em volta do grupo. — Logo vamos informar sobre a expedição. Aproximem-se, para que todos possam ouvir.

Ele apontou para um ponto central e seguiu naquela direção. A maior parte do grupo o seguiu. Quando Shannon passou por Dexter, ela olhou para ele indecisa e depois o reconheceu.

— Ei. — ela disse, afastando uma mecha de cabelo que o vento soprou sobre seu rosto. — Você é aquele cara que me atacou ontem.

Dexter sorriu de leve. — É, sou eu. — ele disse. — Me desculpe.

O rapaz de cabelos escuros, Boone, parou também. Ele olhou de Shannon para Dexter e de volta para a Shannon. —

Pare de provocar um cara que não tem nada a ver com a história só por que está de mau humor, Shannon.

Ela revirou os olhos. — Vê se me esquece, Boone. — ela disparou. — Eu só estava brincando. Você sabia disso, não é? — Ela se virou para Dexter e lançou um risinho sedutor.

— É, claro. — Dexter deu de ombros. — Sem problema. Aliás, meu nome é Dexter. E me desculpe, de verdade, por ter te agarrado daquele jeito. Eu pensei que era a minha namorada.

— Ah, é? — Os olhos de Shannon brilharam, travessos. — Pensou que eu era a sua namorada, né? Já ouvi essa antes.

Dexter corou. — Não! — ele disse. — Daisy, a minha namorada. Você se parece muito com ela.

— Não deixe ela te provocar, cara. — disse Boone com um suspiro. — Se tem uma coisa que a minha irmã gosta, é de provocar os homens.

— Sua irmã? — Por algum motivo, Dexter presumira que eles fossem um casal. Mas agora via que faziam mesmo mais sentido como irmãos. Eles certamente se bicavam como irmão e irmã.

— É. Tirei a sorte grande, hein? — Boone revirou os olhos e Shannon deu um tapa no seu braço. Então ele olhou adiante, para a praia. — Vamos, é melhor irmos andando. Sayid já vai começar a falar.

Dexter os seguiu enquanto os dois se apressavam em direção à platéia que se formara em volta do árabe, Sayid. Apesar de estarem no meio de uma espécie de briga, ele simpatizara com os irmãos. Talvez porque Shannon fosse parecida com Daisy. Ou talvez porque Boone, apesar de um pouco mais velho, o lembrava dos colegas da universidade. Fosse como fosse, Dexter estava feliz que os dois tivessem voltado.

Dexter apertou o passo quando percebeu que Sayid já estava falando. Ainda havia pessoas correndo de todas as direções para se juntar ao pequeno grupo que o cercava.

— Como vocês já sabem, — Sayid anunciou. — nós escalamos a montanha na tentativa de ajudar a equipe de resgate a nos localizar. O transmissor não captou sinal algum. Não conseguimos enviar um chamado de socorro.

Uma onda de murmúrios de frustração emergiu do grupo. Dexter sentiu a cabeça pesar. Desde que ouvira falar da missão do transmissor, ele tinha como certo que logo seriam resgatados.

— Mas nós não vamos desistir. — Sayid prosseguiu. — Se reunirmos equipamentos eletrônicos — os celulares, os *laptops* — eu posso amplificar o sinal e nós podemos tentar de novo. Mas isso pode levar algum tempo, então, a partir de agora, devemos racionar a comida que ainda temos. Se chover, devemos preparar encerados para coletar água. Eu preciso organizar três grupos distintos. Cada grupo deve ter um líder. Um grupo para água — eu cuido desse. Quem vai cuidar do grupo de equipamentos eletrônicos?...

Ele prosseguiu, falando sobre o racionamento de comida e como construir abrigos, mas Dexter não o ouvia mais. As palavras de Sayid haviam acentuado a gravidade da situação. Racionar comida? Coletar água da chuva? Era como se, até aquele momento, Dexter estivesse pensando naquilo como algum tipo de aventura vagamente desconfortável, como um acampamento de verão para adultos. Mas agora ele estava sendo forçado a encarar o fato de que aquilo era verdade, e que o resgate que todos esperavam não iria chegar, e que ninguém sabia o que aconteceria em seguida.

E aquilo também implicava que ele tinha de aceitar que outra coisa também era muito real. Daisy ainda estava perdida em algum lugar.

Enquanto Sayid continuava a falar, Dexter olhou para os destroços brilhantes da fuselagem. Mesmo sob o sol escaldante, aquilo parecia escuro e agourento, como se os espíritos dos mortos presos ali dentro estivessem escoando para o dia luminoso.

Eu preciso entrar ali, Dexter disse para si mesmo, mordendo o lábio. *Eu tenho que procurar por Daisy. Se ela estiver ali, é melhor saber de uma vez...*

Ele sentiu um calafrio quando uma sucessão de imagens varreu sua mente, como um filme completamente fora do seu controle. Ele viu a esbelta silhueta de Daisy ainda presa ao assento de veludo azul do avião. Por um momento, tudo o que estava em volta dela ficou estático como a morte, apenas o zumbido das moscas emprestando vida à cena. Mas, então, movimento. Uma figura sombria surgiu de algum lugar — Dexter não conseguiu saber de onde — e se curvou sobre o corpo inerte de Daisy, olhando fixamente para o seu rosto. Então a figura levantou o olhar, como se estivesse olhando para Dexter. E Dexter viu que a figura tinha o seu rosto...

Ele estremeceu e esfregou os olhos, afastando as imagens. O que havia de errado com ele? Primeiro o estranho encontro com o sósia misterioso na floresta, agora essas alucinações perturbadoras com Daisy...

— Ei, Lester.

Dexter despertou dos seus devaneios, notando que o senhor chamado George estava em pé na sua frente. Ele também percebeu que o discurso de Sayid acabara e que os sobreviventes estavam formando grupos de trabalho.

— É Dexter. — Ele disse.

— Desculpe, Dexter. — George sorriu. — Sayid precisa de mais dois homens para ajudar com os coletores de água. E então?

— Claro. — Dexter estava aliviado por encontrar um motivo para parar de pensar em Daisy e na sua atual confusão mental. — Vamos lá.

Fazia uma brisa forte, e era difícil controlar os encerados, que teimavam em se soltar e sair voando à menor oportunidade. Em pouco tempo estavam todos acalorados e pingando de suor, e Dexter precisou parar diversas vezes para beber água.

— Ei, velho. — Hurley falou numa dessas vezes, vendo Dexter beber uma garrafa até a última gota. — Deixe um pouco pra gente, tranqüilo?

Sentindo-se culpado, Dexter abriu a boca para se desculpar. Mas Arzt, que estava amarrando um encerado ao seu lado, falou por ele.

— Deixe ele em paz, grandão. — o professor de ciências disse para Hurley. — Ele é o cara que passou o primeiro dia desacordado por estar desidratado demais. Então, se não quiser ver o cara desmaiar na nossa frente, dá um tempo.

— Ah, é. — Hurley sorriu acanhado para Dexter. — Foi mal, velho, eu esqueci. Beba aí. — Mas, enquanto ele se virava, Dexter o ouviu acrescentar entre os dentes: — Só espero que chova logo.

Não demorou para que o desejo de Hurley se materializasse. Os sobreviventes tinham acabado de atar o último coletor quando o céu se abriu, soltando um forte aguaceiro tropical.

Dexter rapidamente se abrigou sob uma larga placa de metal pendente. Por todo lado, as pessoas correram freneticamente, procurando qualquer lugar para se abrigar daquele dilúvio.

Espiando através da chuva, Dexter viu Boone e Shannon procurando um local seco. — Ei, vocês dois! — ele gritou, acenando para eles. — Aqui! Tem bastante espaço!

Boone o viu e falou com a irmã. Então os dois correram em direção a Dexter, as cabeças baixas sob a chuva. Pouco depois, eles entraram esbaforidos no abrigo, ofegantes e pingando.

— Obrigado, cara. — Boone ofegava, e deu um tapa molhado no ombro de Dexter. — Essa tempestade surgiu do nada.

— É. — Dexter olhou para fora. A chuva era tão forte que só dava para ver pessoas ou destroços a dois metros de distância. — Mas pelo menos armamos todos os coletores, então devemos conseguir bastante água.

— É, pelo menos essa é uma boa notícia. — Concordou Boone.

Boone e Shannon estavam em outro grupo de trabalho, então os três trocaram informações enquanto a chuva não passava. Agora que parecia que o resgate não chegaria tão rápido quanto esperavam, água e comida eram as principais preocupações de todos.

— Por sorte, parece que a floresta tem muitas frutas. — Boone comentou. — E aquele coreano estava oferecendo a todos algum tipo de comida marinha, então tem isso também.

Shannon torceu o nariz. — Aquilo pode vir do mar e ser tecnicamente comestível. — ela disse. — Mas não é exatamente o sushi bar do restaurante Matsuhisa.

— Pedintes não podem ser exigentes, meu anjo. — Boone disparou.

— Ah, cala a boca. Não me diga que não está sonhando com a sua mesa favorita naquela churrascaria nova que você adora. — Shannon olhou para Boone com um brilho cruel no olhar. — Pense bem, um filé bem suculento; ao ponto...

— Isso é cruel, Shannon. — Boone olhou para Dexter. — A propósito, ela está falando do *Carnivour*. Se esteve em Los Angeles este ano acho que deve conhecer, certo?

— Já estive em LA milhões de vezes. — Dexter fez uma pausa, tentando fazer uma associação com o restaurante que o outro mencionara. — *Carnivour*, não é? É, esse eu acho que não conheço.

— Verdade? — Shannon parecia surpresa. — Qual é o problema, você é vegetariano ou o quê? Não posso acreditar que você não conhece. *Todo mundo* já foi lá.

Dexter encolheu os ombros. — É. — ele disse lentamente, ainda procurando qualquer sinal de familiaridade. — Entendo. Eu sinto que eu deveria conhecer, sabe? Mas é como se eu não conseguisse me lembrar. Como se parte do meu cérebro estivesse lacrado, algo assim.

— Não esquenta, Dex. — disse Boone, inclinando-se para trás e torcendo a água da barra da camisa. — O cérebro de todos nós fritou um pouco nesses últimos dias. Não é de estranhar, depois de tudo por que passamos.

— É mesmo. — Dexter sorriu, sentindo-se um pouco melhor imediatamente. — Mas de qualquer forma, falando em boa comida, Daisy e eu conhecemos um lugar fantástico em Sydney...

Enquanto a chuva continuava despencando, os três conversaram tranqüilamene. Apesar dos surtos freqüentes de rabugice, Dexter achava Boone e Shannon inteligentes, interessantes e agradáveis de conversar — muito parecidos com os colegas da universidade. Conviver com pessoas que falavam a sua língua e entendiam suas piadas — pessoas como ele — faziam com que se sentisse um pouco mais confortável naquele lugar desconhecido, estranho e assustador.

10

APENAS ALGUMAS SEMANAS DEPOIS DE TER COMEÇADO O SEMESTRE, Dexter já estava ficando mais confiante e à vontade. Ele ainda tinha momentos de insegurança, mas não se sentia mais como um completo impostor naquele mundo estranho, com costumes, língua e atitudes próprias.

Pelo menos não o tempo todo. —E aí, Stubbs! — Hunter, um colega de corredor o chamou quando voltava para o quarto numa manhã de sábado, depois de algumas horas estudando na biblioteca. — Eu estava te procurando, cara. Quer dar uma olhada no meu carro novo? Presente de aniversário do bom e velho papai, acabou de deixar aqui hoje de manhã.

— Com certeza. — Dexter sorriu, engolindo a inveja. Apesar dos esforços, ele não conseguia evitar completamente que o lembrassem de vez em quando de que ele era muito diferente da maioria daquelas pessoas. Mas, enquanto *elas* não soubessem disso, que importância tinham aquelas diferenças? — Mas pode ficar pra outra hora? Eu marquei com a Daisy lá em baixo em cinco minutos.

— Sem problema, cara. — Hunter arqueou as sobrancelhas sugestivamente. — Você definitivamente não vai querer deixar uma garota como aquela esperando.

Dexter sorriu, uma onda de orgulho afogando a inveja pelo carro novo de Hunter. Quem precisa de uma Mercedes ou uma BMW quando já tem uma Daisy? — Sabe como é, cara. A gente se vê mais tarde.

Ele entrou no quarto para deixar os livros e percebeu que a luz vermelha da secretária eletrônica piscava insistentemente. *Provavelmente mamãe ou tia Paula outra vez* — ele disse a si mesmo com uma careta. Ele vinha evitando a maioria daquelas ligações, que pareciam cada vez mais freqüentes nos últimos tempos. Ele sabia que ia precisar falar com elas mais cedo ou mais tarde, mas era cedo demais para a sua velha vida invadir a nova.

Ignorando a mensagem, ele saiu do quarto e caminhou apressado pelo corredor. Passando pelo elevador, ele desceu pelas escadas do edifício alto ocupado pelos dormitórios, pulando três degraus de cada vez. Algumas vezes era difícil acreditar em como quase todas as coisas estavam dando tão certo. Era como se ele tivesse medo de acordar, e o sonho fosse banido para longe pela campainha insistente do despertador do seu pequeno quarto, em casa.

De volta para o seu lugar, garoto. A voz da tia, sórdida e dura como sempre, ecoando na sua cabeça tão vivamente que era como se ela estivesse ali, nas escadas ao lado dele.

Dexter sacudiu a cabeça, impaciente, como um cavalo afastando uma mosca irritante. Quanto mais o tempo passava, mais ele se dava conta de como a tia o tratara mal a vida toda. Ela não apenas o tratava como um escravo particular, como também dizia que ele não merecia nada melhor.

E havia sua mãe. Ele sabia que ela o amava e queria o seu bem, mas como esperava oferecer esperança no futuro se ela própria era tão frustrada e negativa? Juntas, aquelas mulheres tinham passado a vida fazendo Dexter acreditar que não merecia nada melhor do que tinha. O triste da história era o quão completamente ele havia acreditado.

Mas aquele era o velho Dexter — ele disse para si mesmo com firmeza quando chegou ao final da escada. *O novo Dexter é diferente. Tudo o que preciso fazer é me lembrar disso.*

Daisy estava esperando no saguão do dormitório; vestia uma calça listrada de branco e rosa e blusa sem mangas, exibindo seus belos braços bronzeados. — Oi, gatinho — ela o cumprimentou, inclinando a cabeça para trás, à espera do seu beijo. — Vamos? Estou morrendo de fome.

Duas horas depois, após um almoço sem pressa em um restaurante fora do *campus*, Dexter e Daisy caminhavam pelo gramado da universidade de mãos dadas, desfrutando da companhia um do outro e do sol. Como de costume, o gramado estava fervilhando de estudantes, que tomavam sol, jogavam *frisbees*, batiam uma bola, cochilavam nas sombras, se exercitavam, conversavam, dedilhavam violões, liam revistas, estudavam. Tocavam suas vidas.

Eu sou um deles agora, Dexter pensou com um arrepio de alegria pelo novo Dexter, e um quê de incredulidade do velho Dexter. *Ninguém que olhasse para mim diria o contrário.*

Por um momento ele foi quase completamente tomado por um sentimento de prazer e satisfação. Aquele era o seu verdadeiro lugar. Ele talvez soubesse disso a vida toda, em algum nível subconsciente. Talvez por isso nunca tivesse pensado em se rebelar contra sua sorte com drogas, agressividade ou pequenos crimes, como muitos jovens na mesma situação. Sua tia sempre dizia que era porque ele já nascera um cretino, mas aquilo não era tudo. Era porque sabia que algo melhor estava a caminho, era só ter calma e esperar.

Enquanto admirava aquela cena idílica, Dexter subitamente percebeu algo — uma forma familiar e pesada abrindo caminho pela calçada a alguns metros dele. Foi como se uma nuvem enorme e carregada tivesse bloqueado o sol e lançado um vento frio sobre todo o *campus*. *Não,* Dexter pensou, o estômago apertando e dando voltas com o choque. *Não, não, não, não, não!*

— Ei, o que foi? — Daisy puxou sua mão da dele e a esfregou. — Você quase esmagou os meus dedos!

— D-Desculpe. — Dexter gaguejou, um redemoinho de pânico fazendo sua cabeça girar enquanto observava a tia a pouco mais de dez metros dali, grande como a vida. Sua mãe estava com ela, seguindo a outra como uma sombra submissa. Ele não podia permitir que os dois mundos, os dois Dexters, colidissem — aquilo ia acabar com tudo. Se Daisy um dia conhecesse sua tia e sua mãe, seu disfarce cairia por terra. Ela saberia de imediato que ele tinha mentido sobre a família rica e equilibrada; que suas histórias sobre jantares familiares animados e férias ociosas na Europa e todo o resto eram mentiras. Aquilo seria um desastre.

Petrificado, ele observou quando uma estudante que vinha em sentido contrário se mostrou intimidada pelo corpanzil truculento de tia Paula, seguido timidamente por sua mãe, as mãos apertando o livro de bolso como se temesse ser atirada para fora do caminho a qualquer momento. Dexter não estava próximo o bastante para ouvir o que tia Paula dizia, mas pouco depois viu a estudante se encolher e seguir em frente, enquanto as duas pararam e procuraram em volta. Elas não iriam parecer mais deslocadas se de repente aparecessem em Marte — sua mãe com os ombros magros curvados para baixo, o rosto castigado, e tia Paula a *drag queen* mais gorda do mundo, envergando mais um modelito brega que comprara com sua bolada.

Elas não pertencem a este lugar, ele pensou desesperado. *O que estão fazendo aqui?*

Mas ele rapidamente se deu conta de que não fazia diferença. Não importava o que estavam fazendo ali, ele teria de tomar uma atitude — *agora* — se não quisesse ver sua nova vida cuidadosamente construída ruir à sua volta.

— Escuta... — Dexter disse para Daisy, tentando desesperadamente parecer casual. — Eu acabei de lembrar que eu, hã, prometi ligar para a minha prima da Suíça. Aniversário — é o aniversário dela hoje. É melhor eu ir andando antes que fique tarde demais por lá. Podemos nos ver mais tarde?

Se Daisy percebeu um tom ligeiramente histérico nas últimas palavras de Dexter, não demonstrou. — Espera um minuto. Que prima da Suíça? Está tentando se livrar de mim? — Ela perguntou, fazendo um beicinho divertido.

Ele forçou uma risada. — E por que motivo eu iria dar um fora na garota mais linda do mundo? — ele perguntou, o elogio de costume rolando fácil na língua. — Eu vou me redimir: que tal jantarmos juntos mais tarde? Você escolhe o lugar. Prometo.

O beicinho se transformou num sorriso. — Bem, colocando as coisas dessa forma... — ela disse. — Eu acho que posso viver sem você por algumas horas. Minha colega de quarto queria mesmo fazer umas compras no centro. Talvez eu compre alguma coisa *sexy* para usar no jantar. — Ela deu uma piscada de olho. — E mande os meus parabéns pra sua prima.

Com um leve aceno, ela se virou e tomou a direção do dormitório. Normalmente, ele ficaria feliz em passar o dia observando enquanto ela se afastava, mas naquele momento ele estava ansioso e impaciente demais para ficar ali parado. Quando ela finalmente sumiu de vista, ele soltou um suspiro de alívio.

E nem um minuto depois...

— Dexter! — Sua tia berrou, a voz parecendo uma buzina de navio cortando os sons das conversas, risadas e da música dos estudantes. — Aí está você, garoto!

— Que sorte! — A voz bem mais fraca da sua mãe gorjeou de alívio enquanto vinham as duas em sua direção.

Dexter fez o possível para varrer os arredores com o canto do olho enquanto elas se aproximavam. A garota sentada sob uma árvore ali perto estava olhando divertida na sua direção? Ele conhecia aqueles caras que estavam ao lado da fonte por causa das aulas de Espanhol? Quem estaria por ali observando o que ele fazia, esperando para transmitir a todos os que o conheciam um relato detalhado sobre seus parentes constrangedores?

Por sorte, ele tinha praticamente certeza de que por ali não havia nenhum conhecido. Decidido a não arriscar, ele agarrou a mãe pelo cotovelo com firmeza quando ela vinha lhe dar um abraço. — Por aqui, mãe. — ele disse. — Vamos procurar um lugar tranqüilo para conversar.

— Surpreso em nos ver? — Tia Paula perguntou com escárnio, sem se mexer enquanto ele tentava manobrá-la.

— Surpreso... surpreso não é bem a palavra. — Dexter tentou usar um tom divertido, mas falhou em absoluto. — Vamos, sério. Vamos sair do sol para conversar.

Ele conseguiu conduzi-las para um espaço atrás do prédio da biblioteca, um local gramado sob a sombra de um bordo frondoso. Soltando o braço da mãe, ele olhou para as duas.

— E então, o que vocês estão fazendo por aqui? — ele perguntou. — Por que não me avisaram que estavam vindo?

— Nós bem que tentamos. — Tia Paula estava irritada. — Se você ao menos atendesse a droga do telefone...

— Deixe pra lá. — A mãe de Dexter fazia movimentos conciliadores com as mãos. — Estamos juntos agora, e isso é o que importa. — Ela dirigiu os olhos desbotados para Dexter. — Eu senti a sua falta, Dexy. Por que não nos visitou? E por que não ligou?

A carência desesperada no rosto da mãe provocou uma pontada no coração de Dexter. — Mas só estou aqui há algumas semanas. — ele se defendeu, inseguro. — Ainda estou arrumando as coisas... tenho andado ocupado, sabe?

— Certo. Agora você é um figurão, ocupado demais pra família. — Bufou tia Paula. — Que bom que eu não estava ocupada demais pra família no dia que preenchi o cheque pra pagar por isso aqui.

— Paula, por favor. — Os olhos da mãe de Dexter imploravam. — Não vamos brigar. Eu quero que Dexy me conte tudo o que tem feito aqui. Conseguiu fazer amigos neste lugar? — Mais uma vez, seus olhos ansiosos estavam grudados nele.

— Claro, mamãe. Todo mundo aqui é muito legal. — Dexter nunca se sentira confortável discutindo sua vida social quando era um pária na escola, e não era mais fácil agora, quando de fato tinha amigos.

— E as namoradas? — Brincou tia Paula. — Já está espalhando sua semente pelo mundo, agora que saiu da casa da mamãe, Dexy?

Dexter encolheu os ombros, sentindo que corava. — Eu não sei... — ele balbuciou.

— Deixa ele em paz, Paula. — Sua mãe parecia tão desconfortável quanto ele com aquela pergunta. — Mas me diga, Dexter, e as aulas? Já decidiu sobre a sua graduação?

— É, o que vai ser, garoto? — Exigiu saber Tia Paula. — Medicina, como decidimos, não é? Hum?

Dexter quase desejou que voltassem a discutir sua vida social. — É, eu me matriculei na maioria das matérias que escolhemos. — ele disse. — Biologia, Química, Economia. E Espanhol, é preciso escolher uma língua. Ah, e uma matéria eletiva, Literatura Inglesa. — Ele balbuciou as duas últimas palavras o mais discretamente possível.

— Literatura Inglesa? — Tia Paula apertou os lábios carnudos, contrafeita. — Por que você fez uma coisa dessas?

— Eu achei que parecia interessante. — Dexter odiava se sentir na defensiva em conversas com a tia despótica. Por isso tinha passado a maior parte da vida fazendo tudo o que ela exigia.

Ela armou uma expressão feia no rosto. — Não use esse tom comigo, garoto. Isso não é piada, uma matéria fresca como essa pode complicar suas notas, complicar sua entrada na faculdade de medicina.

— Não se preocupe. Já entreguei um trabalho. Tirei um A. — Dexter deixou de acrescentar que aquela era, de longe, sua melhor nota até então naquele semestre. A verdade era que depois de apenas algumas semanas ele já estava com dificuldades na maioria das matérias. Sua mente parecia resistir a fixar as complexidades da Química ou da Biologia, e Economia era, numa palavra, entediante.

— Mas, de qualquer forma — ele acrescentou rapidamente, antes que as duas pensassem em perguntar sobre as outras notas —, Literatura Inglesa não é tão ruim quanto você pensa. Pelo que sei, os professores universitários ganham bem, e...

— Esqueça isso agora mesmo, garoto. — Tia Paula o interrompeu severamente. — Eu não vou gastar meu dinheiro, que eu dei o maior duro pra conseguir, pro meu sobrinho virar um professor fresco e esnobe.

Dexter recuou, com se tivesse levado um tapa. Por que havia tentado? O melhor era seguir o roteiro; dizer à família apenas o estritamente necessário, e manter o restante para si mesmo.

Mas é claro que ele não ia conseguir esconder certas coisas para sempre. O que diriam sua mãe e tia Paula quando vissem suas notas no final do semestre?

Por um momento, todas as mentiras e meias verdades que vinha dizendo invadiram sua mente, fazendo com que se sentisse tonto e enjoado. O que ele estava tentando fazer? Ele realmente acreditava que aquela coisa de dois Dexters funcionaria indefinidamente?

Mas ele logo afastou essas preocupações. Quando há um desejo, há um caminho. Talvez conseguisse elevar as notas antes do final do semestre se estudasse com afinco, se procurasse aulas de monitoria. O mais importante era se manter na universidade. Agora que a vida dos seus sonhos estava ao alcance das mãos, ele não iria desistir de jeito nenhum. Não importava o que precisasse ser feito.

11

— ESTE LUGAR É UM SACO. — SHANNON FEZ UMA CARETA PARA O saquinho de biscoito pela metade em suas mãos. — Se as coisas continuarem assim, vamos morrer de fome antes que os cretinos dessa equipe de resgate cheguem.

Dexter levantou os olhos do seu próprio saquinho de biscoitos e sorriu compreensivo. Ele tinha de admitir que aquilo não era exatamente um almoço. Assim que a chuva parou, poucos minutos antes, os três perceberam que estavam com fome e saíram à procura de comida, apenas para descobrir que o racionamento era sério e que já tinha começado.

Boone soltou um longo suspiro e dirigiu um olhar irritado para a irmã. — É, nos sabemos, Shannon. Mas, em vez de reclamar, por que não faz alguma coisa? — ele a desafiou.

— Tipo o quê? — Ela colocou as mãos sobre os quadris e olhou fixamente para ele. — Pedir uma pizza?

— Talvez possamos sair e buscar outras fontes de alimento — Dexter acrescentou discretamente, tentando acalmar os ânimos. — Ouvi dizer que há montes de árvores frutíferas perto da praia, mas acho que a essa altura já devem estar vazias. Nós podemos entrar um pouco mais na mata e procurar mais árvores. Ou até quem sabe uma fonte de água.

Boone deu de ombros. — Parece uma boa idéia. — Ele olhou para Shannon. — Você vem com a gente ou prefere ficar por aqui e cuidar do seu bronzeado, como sempre?

— Vai cuidar da sua vida, seu...

— Ei, pessoal. — disse uma nova voz, com sotaque britânico, interrompendo a discussão. — Tudo bem?

Dexter levantou os olhos e viu um jovem barbado vindo na direção deles, seguido por Arzt. Ele já tinha visto aquele rapaz na praia antes — ele tinha feito parte da equipe do transmissor, com Boone e Shannon — mas ainda não se conheciam. Naquele momento, parecia um tanto entediado. Dexter desconfiou que Arzt andara dando algumas das suas aulas de ciências ou coisa parecida.

— Oi. — Dexter disse para o inglês. — Acho que ainda não nos conhecemos. Dexter.

— Charlie. — O recém-chegado estendeu a mão. — É um prazer, Dexter.

Nesse meio tempo, Arzt se atirara sentado na areia, ofegando e suando. — Nossa. — ele se queixou. — Primeiro a chuva, agora esse calor... este lugar está parecendo uma sauna.

— Charlie tocava naquela banda, a *Driveshaft*. — Shannon disse para Dexter num tom preguiçoso, ignorando o comentário de Arzt. — Tenho certeza de que ele vai te contar tudo a respeito, se você quiser.

Charlie pareceu ligeiramente contrariado. — Tocava, não. — ele corrigiu. — *Toco*. Nós não nos separamos. Não oficialmente.

— *Driveshaft*? Eu lembro de vocês. — Dexter estava impressionado. — Legal.

Boone não parecia interessado na conversa. — Nós estávamos combinando entrar na mata e procurar por frutas e água — ele disse para os que chegaram. — Querem vir?

Charlie lançou um olhar para a floresta, uma sombra de apreensão cobrindo seu rosto. Mas então deu de ombros. — Claro. — ele disse. — Tudo bem, eu acho.

— Eu também vou. — Arzt ficou de pé e se alongou. — Não vai adiantar grandes coisas procurar por alimento sem alguém que entenda realmente do assunto.

— E você entende? — Charlie levantou uma sobrancelha, cético.

Arzt se empertigou. — Eu sou um homem da ciência, meu rapaz. — ele disse, num tom ligeiramente arrogante.

Enquanto começavam a discutir que direção tomar, Dexter percebeu que a mulher ruiva e alta do grupo do transmissor vinha andando na direção deles, de cabeça baixa e com uma expressão sorumbática. Alguém do seu grupo de trabalho dissera que seu nome era Kate e que ela e Jack eram amigos. Dexter a observou enquanto se aproximava, perguntando a si mesmo por que ela parecia tão aflita.

— Oi. — Ele a cumprimentou, decidindo assumir o seu papel de psicólogo amador. —Seu nome é Kate, não é?

Ela ergueu os olhos, surpresa. — Isso.

Dexter se apresentou, mas a maioria dos outros parecia já conhecê-la. — Estamos indo procurar frutas e água na floresta — ele disse. — Interessada?

— Claro. Eu vou com vocês. — Kate se aproximou um pouco mais, afastando uma mecha de cabelo ondulado dos olhos. — Até que seria bom ficar longe desta praia por algum tempo.

Dexter percebeu que, enquanto falava, ela desviou o olhar brevemente na direção da cabana-enfermaria amarela e azul. De lá vinham incômodos gritos e gemidos de dor. Estavam falando que o homem lá dentro, aquele com o estilhaço no abdômen, morreria apesar dos esforços de Jack.

Ele estremeceu e se virou, sem querer pensar demais naquilo. — Ótimo. — ele disse para Kate. — Quanto mais gente, melhor.

Logo os seis estavam se aproximando da orla da floresta. No caminho, passaram por Walt, que chutava a areia, na sombra de um coqueiro.

Dexter parou, surpreso por vê-lo ali sozinho. Até então sempre vira Walt acompanhado do pai ou do inescrutável

John Locke, de quem parecia ter ficado amigo. Mas nem um nem outro estavam por perto.

— Oi. — Dexter cumprimentou o garoto. — O que está fazendo, Walt? Onde está o seu pai?

Walt olhou para ele, os olhos apertados, ofuscados pelo sol. — Na floresta, procurando por Vincent.

— Vincent? — Dexter sentiu uma pontada. A preocupação com Daisy era tão aguda que não lhe ocorreu que outros sobreviventes podiam estar procurando por entes queridos na mata. — É o seu irmão?

— Não. — Walt dirigiu a ele um olhar do tipo, "Quem é esse louco?". — É o meu cachorro.

— Ah! — Dexter lembrou que o garoto havia mencionado o cachorro desaparecido. — Espero que ele o encontre.

Deixando o garoto com seus chutes na areia, ele e os outros continuaram a caminhada. Logo estavam seguindo por uma trilha de animais sob as sombras inconstantes de coqueiros. Era bem mais fresco ali, e Dexter se sentiu aliviado em deixar o calor exasperante da praia. Como Arzt havia mencionado, a chuva não havia resfriado a temperatura, apenas aumentara a umidade, o que havia deixado o sol da tarde ainda mais quente. Em tais circunstâncias às vezes parecia que seria impossível beber água suficiente para evitar uma insolação ou a desidratação, e Dexter não estava disposto a arriscar. Ele já tinha estourado sua cota de problemas com as alucinações e os estranhos lapsos de memória.

Pouco depois a trilha ficou mais estreita, e ficou quase imperceptível num trecho de solo pedregoso da mata. O grupo foi forçado a seguir em frente em duplas. Dexter aliviou o passo e caminhava ao lado de Shannon no final da fila. Seu belo rosto estava amuado, e o suor pontilhava sua testa e empapava seus cabelos loiros.

— Me lembre de *não* viajar nas próximas férias para um lugar com esses coqueiros imprestáveis. Este clima tropical é infernal. — ela rosnou entre os dentes, chutando uma folha de coqueiro à sua frente.

Dexter sorriu compreensivo. — Você se parece com a Daisy, — ele disse. — Ela não pensaria duas vezes antes de decidir esquiar em Vail em vez de viajar para a praia.

— Eu adorava a praia. — Shannon torceu o nariz. — Mas essa época já passou, sabe?

— É. Espera um pouco. — Dexter tinha visto uma poça de água cristalina na fissura de uma pedra. Mesmo sob as sombras da mata, o calor era opressivo o bastante para deixá-lo com sede. — Aquilo parece água de chuva, acho que vou beber um pouco.

Shannon torceu o nariz. — Tem certeza de que é seguro beber aquilo?

— É o que vamos descobrir. — Dexter sorriu, então abriu caminho pelo capim alto até a pedra. Os outros estavam bem à frente e não pareciam a sentir falta dos dois, mas Shannon parou e esperou por ele.

Ele se aproximou cuidadosamente da pedra e se curvou para beber. A poça estava sob um raio de sol que atravessava a copa das árvores, e reflexos brancos tremeluziam na superfície calma.

Enquanto se aproximava com as mãos em concha, o espelho d'água captou o reflexo de Dexter. Seu rosto pareceu vibrar e se transformar — os olhos que olhavam para ele ficaram negros, raivosos, estranhos, os cantos da boca inclinados num vulto medonho...

— Caramba! — ele gritou, tão atemorizado que pulou para trás e quase tropeçou num galho caído.

— O que foi? — Shannon gritou. — O que foi, Dexter?

Ele olhou para a água, que tinha voltado a ficar parada e brilhante, refletindo seu rosto de sempre. — O meu reflexo. — ele disse. Ele — ele se transformou. Foi como se outra pessoa estivesse olhando para mim.

Ela ficou séria. — O que é que você está falando? Assim você me assusta, eu pensei que você tivesse pisado numa cobra.

— Mas eu vi. — ele insistiu, assombrado demais para se preocupar com o que ela estaria pensando. — Eu juro. Eu estava olhando para o meu rosto, e ele simplesmente... mudou. — Quando as palavras saíram da sua boca, pareceram distantes, mesmo para ele.

Shannon olhou para a poça, desconfiada e impaciente. — Não vá surtar agora. Deve ter sido as gotas caindo das folhas das árvores, lá de cima. — Ela gesticulou para a copa das árvores. — Elas podem ter agitado a água e causado uma ilusão de ótica que fez o seu rosto ficar diferente — como naqueles espelhos engraçados que fazem a gente ficar mais gorda, ou magra, sei lá.

— Acho que você está certa. — Dexter disse lentamente, sem conseguir afastar a lembrança daquele rosto furioso — o seu próprio rosto, e ainda assim um rosto estranho — olhando diretamente nos seus olhos. — Mas...

— Mas o quê? — ela perguntou distraída, olhando na direção dos outros, cujas vozes agora mal conseguiam ouvir. — Vamos, é melhor a gente se apressar. Eu não quero me perder neste lugar.

Dexter a seguiu pela trilha. Mas ele ainda estava pensando no que acabara de ver. — Shannon, esta não é a primeira coisa estranha que eu vejo neste lugar desde o acidente... — Esperando que ela não pensasse que ele era louco — pelo menos não mais do que já pensava — ele contou sobre o encontro com seu sósia na mata no dia anterior.

— Jack disse que você ficou muito desidratado depois do acidente, certo? — ela disse quando ele terminou de falar. — Será que isso não pode ter confundido sua cabeça?

— Claro. — Ele concordou. — Eu acho que sim. Mas o motivo de eu ter entrado na mata para procurar aquele sósia foi que outras pessoas pensaram ter me visto em lugares onde eu nunca tinha estado. — Ele sacudiu a cabeça. — Eu sei que parece loucura. Mas, e se for mesmo só uma confusão na minha cabeça, por que estaria me fazendo ver *aquilo*? O que isso quer dizer?

Shannon deu de ombros, parecendo pouco interessada. — Não sei. — Ela sorriu divertida. — Parece que esse é um caso para o dr. Dexter Cross, o garoto psicólogo.

— É, eu acho que é mesmo. — Dexter não sabia bem por que, mas aquelas palavras provocaram um nó de ansiedade no estômago. Naquele momento eles dobraram uma curva na trilha. O resto do grupo estava ali adiante, reunido na sombra de uma árvore, olhando para cima. — Vamos, vamos ver o que o pessoal encontrou.

12

DEXTER SENTIU UM APERTO NO ESTÔMAGO QUANDO ELE OLHOU PARA o calendário pendurado na parede diante da escrivaninha no seu pequeno quarto do dormitório. Já estavam em dezembro e isso significava que em poucas semanas estariam de férias. Ele já tinha motivos suficientes para odiar aquilo, sabendo que teria de voltar para casa e encarar a família. Mas também tinha outros motivos para aguardar o final do semestre com ansiedade.

Pare com essa obsessão, ele repreendeu a si mesmo, olhando para os livros abertos sobre a mesa e para o cursor piscando na tela à sua frente. *Pelo menos até terminar esse trabalho. Já é ruim o bastante que você vá perder três das cinco matérias; você não precisa sabotar aquela que vai ser sua melhor nota no semestre...*

Ele suspirou, a mente vagando apesar dos esforços. Olhando para a pilha de livros grossos e intimidadores de Química, Biologia e Economia no chão ao lado da mesa, ele sentiu um calafrio. Conseguir passar naquelas três matérias complicadas já seria um milagre, imagine se sair bem nelas. Não importava o quanto estudasse, Química e Biologia não entravam em sua cabeça. E Economia o entediava tanto que ele não conseguia sequer reter as informações dos livros ou das aulas.

A porta estava entreaberta, para aproveitar o som do vizinho, que despejava rap pelos alto-falantes. Parecia que Dexter era o único no corredor que não tinha um aparelho de som ultramoderno, uma TV ou um aparelho de DVD, além de outros aparelhos sofisticados. Alguns colegas haviam comentado a respeito de seu quarto espartano, mas ele conseguiu despistar a curiosidade com uma história enrolada sobre as crenças budistas e minimalistas da sua mãe imaginária. Para sua surpresa, eles pareciam ter acreditado.

E por que não acreditariam? Ele pensou, com um lampejo de culpa que já se tornara rotineiro. *Eles não têm motivo para suspeitar que estou mentindo.*

Quando se forçava a voltar a atenção para a tela do computador, ouviu a porta ranger. Ele ergueu os olhos esperando ver um dos colegas do corredor que viera convidá-lo para beber alguma coisa ou assistir o jogo. Em vez disso, lá estava o rosto sorridente de Daisy.

— Toc, toc! — Ela disse animada. — Surpresa! Estava passando aqui em frente e resolvi fazer uma visita.

— Oi! — Afastando as preocupações imediatamente, ele se levantou e foi em sua direção. Por algum motivo, a simples visão de seu rosto geralmente aliviava um pouco os problemas. Ele iria dar um jeito — afinal de contas, não tinha muita escolha. Dexter se inclinou para beijar a namorada, e depois afastou com o pé algumas peças de roupa, cadernos e embalagens vazias espalhadas pelo chão. — Entra. Desculpe, este lugar está uma bagunça.

Ela não deu importância à desculpa de sempre e o seguiu até a mesa. — Então, vou encontrar com Cara daqui a pouco — Vamos jantar no *Quarenta e Dois*. Quer vir? — Ela sorriu esperançosa.

O estômago de Dexter deu outra volta. O *Quarenta e Dois* era um dos restaurantes mais caros da cidade — e um dos lugares preferidos de Daisy para uma refeição fora de hora. A maior parte do dinheiro de tia Paula e do seu salário do emprego de meio período na tesouraria tinham evaporado com as contas de restaurante.

Aquele era outro problema que ele tentava tirar da cabeça. Até o momento, tinha conseguido manter o disfarce do rapaz rico que trabalhava durante meio período na universidade apenas porque os pais fictícios acreditavam que isso iria "moldar o seu caráter". Mas aquele disfarce cairia se — ou, melhor, *quando* — acabasse o seu dinheiro. Aquela história de ter uma namorada acostumada ao bom e ao melhor estava se mostrando muito mais cara do que ele ousara imaginar. Como conseguiria manter aquilo se o dinheiro de tia Paula acabasse antes do final do semestre? Ele já tinha ouvido falar de pessoas que vendiam sangue — e cada vez mais ele se via pensando, preocupado, em como aquilo funcionava.

— E então? — Daisy insistiu. — Que tal esquecer um pouquinho dessa resenha?

Aquilo o fez lembrar que tinha a desculpa perfeita para evitar pelo menos aquele jantar dispendioso. — Desculpa. — ele disse. — Estou mesmo enrolado e preciso começar a estudar esta semana para a prova final de economia se quiser passar. Tudo bem?

— Tudo bem. — Ela pareceu um pouco decepcionada com o fora. Inclinando-se sobre os ombros de Dexter, ela olhou para as palavras na tela do computador. — E então, como vai indo? Você escolheu Dickens, não foi?

— Foi. Está indo. E o seu trabalho sobre Chaucer?

— Quase pronto. E é por isso que vamos jantar hoje à noite. Para comemorar. — Ela piscou divertida. — A propósito, quando vou ficar sabendo quais são os seus planos para as férias? Mal posso esperar para te apresentar a minha família. E você vai adorar a casa de praia. Parece muito com a casa do seu tio em Cabo.

O estômago de Dexter deu outra volta. Daisy vinha falando cada vez com mais freqüência sobre passarem as férias juntos — de preferência na casa de praia da sua família, na Flórida. Até o momento ele estava conseguindo se esquivar, dizendo que antes precisava consultar os pais, mas sabia que logo precisaria encontrar uma resposta. Era óbvio que ela estava esperando que passassem juntos pelo menos parte das férias, mas ele sabia que a mãe e a tia esperavam que ele passasse as férias em casa. Como conseguiria conciliar as coisas desta vez?

Desesperado, ele decidiu que era melhor resolver logo aquela situação, antes que as coisas ficassem fora de controle. — Eu já estava querendo conversar com você sobre as férias. — ele disse com cuidado, as mentiras se formando na cabeça enquanto falava. — Eu acho que vou ser obrigado a te dar outro bolo.

— Como assim? — Ela parecia verdadeiramente decepcionada.

— Conversei com meus pais hoje. — ele disse, tentando não se sentir culpado por mentir para ela. E não foi fácil, com aqueles olhos azuis sinceros olhando com afeto para ele. Mas com esforço, ele engoliu o desespero de cair aos seus pés e contar toda a verdade. — Eles realmente esperam que eu passe as férias fazendo trabalho voluntário com os pobres, na Espanha. — A última parte foi inspirada num olhar de canto de olho para o livro-texto de Espanhol, enquanto tentava pensar num lugar bastante afastado da Flórida. — É um tipo de tradição familiar. — ele acrescentou rapidamente. — Meu pai fez o mesmo quando ainda era estudante, seguindo os passos do meu avô. Como forma de dar alguma coisa em troca, sabe? Um tipo de serviço de utilidade pública. Agora é a minha vez.

— Oh. — Ela ficou em silêncio por um instante, obviamente digerindo o que ele acabara de dizer. — Acho que isso é legal. E é uma bela tradição, inclusive. E vai ser uma grande experiência para você, seria egoísta da minha parte reclamar, não é? — Ela se esforçou para sorrir. — Mas eu vou ficar desesperada de saudades. Quando é que você volta da Europa?

— Ainda não sei. Mas devo voltar a tempo para o próximo semestre. — Ele prendeu a respiração, mal acreditando que ela tinha engolido a mentira do momento.

— Que bom. Mas me promete uma coisa? Você pode voltar um dia antes das aulas recomeçarem? Os meus pais vão me trazer de carro, então pelo menos assim você pode conhecê-los.

Dexter hesitou um segundo antes de concordar. — Claro. — ele disse, sensibilizado por isso ser tão importante para ela. — Eu prometo.

— Que bom. — Ela era toda sorrisos de novo. Olhando para o relógio, Daisy soltou um leve suspiro. — Nossa! Estou atrasada, Cara vai me matar. — Ela se inclinou e beijou Dexter na testa. — Não precisa se levantar; eu já vou indo.

— Divirta-se. Te ligo mais tarde.

Ele olhou enquanto ela se apressava pela porta e desaparecia da sua vista. Apesar de algumas das complicações estarem lhe causando úlceras, ele mal podia acreditar em como a sua vida tinha melhorado nos últimos meses. Ali estava ele, numa das melhores universidades do país com a garota mais maravilhosa do mundo implorando para passar mais tempo com ele.

Sortudo. Sortudo, sortudo, sortudo, ele pensou.

Dexter passou o dedo suavemente sobre a cicatriz, esperando não se arrepender da promessa de conhecer os pais de Daisy. Como se explicaria com sua mãe e tia Paula? Mas aquilo não iria tirá-lo do sério. Ele poderia inventar alguma coisa. Até aquele momento, sempre tinha conseguido.

Talvez a minha sorte tenha mesmo mudado, ele pensou, completamente esquecido do trabalho, enquanto olhava para o teto, contemplando a virada na sua vida. *O tempo todo ouvimos falar de pessoas que tiveram sucesso e que acabam se dando mal por falta de sorte ou por causa de decisões equivocadas. E por que o inverso não pode acontecer de vez em quando? Afinal de contas, será que esta é a minha vez?*

13

— MOÇADA! — HURLEY DISSE ANIMADO, PEGANDO UMA FRUTA fresca da pilha que Boone acabara de despejar sobre a areia.
— Isso é incrível! Onde encontraram isso?

— Por ali... — Kate apontou e, com a ajuda de Claire e de Boone, começou a descrever onde haviam encontrado as frutas enquanto outros sobreviventes iam chegando, surpresos.

Mas Dexter não estava exatamente prestando atenção. Depois de despejar sua parte da carga e de alongar os ombros, ele se afastou do grupo. Enquanto procurava pelas árvores frutíferas, tinha esquecido os problemas, mas agora que estava de volta à praia, ele não conseguia deixar de olhar para a fuselagem. Ele sabia que não conseguiria ficar com a consciência tranqüila enquanto não tivesse certeza de que Daisy estava ali dentro.

Um súbito grito de dor veio da barraca enfermaria e chamou sua atenção. Os gritos e gemidos do homem ferido estavam ficando cada vez piores. Dexter olhou para a enfermaria enquanto andava na direção dos coletores de água de chuva. Ele percebeu que muitos sobreviventes estavam olhando na mesma direção, a maioria exibindo uma cara feia ou olhares perturbados.

Então Jack surgiu pela entrada da barraca e seguiu para os coletores. O médico parecia cansado e tinha várias garrafas plásticas cortadas pela metade, vazias, nas mãos.

— Como estão as coisas? — Dexter perguntou quando Jack chegou perto do coletor.

Jack se inclinou e pegou um pouco de água. Então se endireitou e olhou na direção da enfermaria entes de encarar Dexter.

— Podiam estar melhores. — ele disse, com a voz um pouco tensa. — Mas não vamos desistir. — Ele voltou apressado com a água antes que Dexter pudesse responder.

A maior parte dos sobreviventes estava ocupada com as frutas. Quando terminou de beber água, Dexter caminhou pela praia, tentando dissipar a culpa quanto a não conseguir entrar nos destroços da fuselagem. Ele percebeu uma figura solitária sentada a alguns metros e seguiu naquela direção para ver quem era. Quando se aproximou, reconheceu John Locke.

Dexter hesitou, olhando para a cabeça raspada do homem enquanto se aproximava dele por trás. Havia algo em John Locke que o deixava desconfortável. Talvez fosse a forma como aqueles olhos azul-claros pareciam ver mais do que deveriam sobre as pessoas. Ou talvez fosse apenas porque ele era um pouco estranho, passava a maior parte do tempo sozinho e falando quase que exclusivamente com o pequeno Walt. Fosse como fosse, Dexter quase desistiu de se aproximar. Então, com o canto do olho, teve um vislumbre da fuselagem brilhando às suas costas. Aquilo fez com que apertasse os dentes e seguisse em frente, relutando em permitir que outra coisa naquela ilha o assustasse.

— Olá. — disse Dexter, contornando Locke e erguendo a mão num cumprimento. — Só vim para dizer que nós encontramos mais algumas árvores frutíferas aqui perto. Nós trouxemos algumas frutas, tem bastante logo ali, se você quiser.

Locke estava sentado num banco improvisado entre os destroços, trabalhando um pequeno pedaço de madeira com um canivete. Por um momento, Dexter acreditou que o homem não fosse responder. Locke ergueu os olhos e lhe dirigiu um olhar breve, para depois voltar a atenção para o que estava fazendo.

Finalmente, ele falou. — Não, obrigado. — Sua voz era surpreendentemente suave e inteligente. — Estou sem fome.

Incentivado pela resposta, mesmo seca, Dexter prosseguiu. — O que está entalhando? — ele perguntou, curioso.

— Um apito.

— Legal. — Dexter pensou que aquilo era no mínimo estranho, mas não achou que fosse pior ou melhor do que qualquer outra forma de passar o tempo. — Parece que você sabe o que está fazendo. Você acha que vai funcionar quando ficar pronto?

Locke olhou para ele, pestanejando contra o sol, que algumas horas antes estivera a pino e que agora descia lentamente em direção ao oceano. — Ah, sim, vai funcionar. — ele garantiu para Dexter com uma confiança silenciosa. — A questão é: o que pode aparecer quando eu soprar esse apito?

Os olhos azul-claros do homem, o direito separando um corte feio que atravessava aquele lado do rosto, começavam a provocar calafrios em Dexter. Por uma fração de segundo, Dexter sentiu que Locke estava olhando através dos seus olhos, para dentro da sua mente e do seu coração, vendo alguma coisa que talvez nem ele próprio fosse capaz de enxergar.

— Bem, acho que é melhor eu avisar ao pessoal sobre as frutas, — ele disse, afastando aquela sensação estranha. — Boa sorte com o apito.

Voltando pela praia, ele passou por Charlie, que, como de costume, andava pelas proximidades com uma expressão de tédio. Dexter fez um cumprimento com a cabeça, mas ele não parou para conversar. Então ele se deu conta de que precisava ficar um tempo sozinho.

Quando estava a uma boa distância do acampamento, caminhou em direção ao mar. Tendo tirado os sapatos, ele seguiu em direção ao sul, desfrutando da sensação refrescante da areia molhada sob os pés. Por alguns minutos, conseguiu esquecer os problemas e a ansiedade dos últimos dias e apreciou a beleza da natureza que o cercava.

Mas é claro que seria muito melhor se Daisy estivesse aqui ao meu lado...

Aquele pensamento trouxe-o de volta à realidade. Ele parou e olhou para trás, na direção da praia coberta por destroços, os olhos imediatamente atraídos pelo terrível epicentro daquela cena — a fuselagem. Como de costume, ele sentiu um misto de covardia e culpa quando imaginou o corpo sem vida de Daisy ainda preso a um dos assentos ali dentro. Por que não conseguia entrar ali e encarar o que quer que encontrasse?

O som de pessoas conversando em algum lugar à sua frente atraiu sua atenção. Primeiro ele ouviu a voz de uma mulher, agitada mas contida. Então uma voz masculina mais irritada respondeu, mas Dexter não conseguiu entender o que os dois estavam dizendo.

Ele deu mais alguns passos pela praia e contornou algumas pedras, deparando-se com uma pequena enseada, logo depois da curva da praia. Então percebeu porque não conseguia entender o que diziam as vozes. Ali, frente a frente e até então indiferentes à sua presença, estavam o oriental que lhe oferecera o alimento marinho gosmento no dia em que despertou e uma bela mulher oriental que todos acreditavam ser sua mulher. Alguém havia dito a Dexter que eram um casal de coreanos e que nenhum dos dois falava uma palavra em inglês; pelo que sabia, ninguém tinha idéia sequer de como se chamavam. Eles ficavam juntos a maior parte do tempo, apesar do homem aparecer ocasionalmente oferecendo sua comida de aparência intragável. Alguns dos sobreviventes de fato pareciam gostar da sua versão insular de sushi, mas Dexter não se imaginava experimentando aquilo.

Dexter piscou os olhos quando o homem soltou um grito frustrado. A mulher se recusou a gritar também, evirou de costas para ele. A expressão no seu rosto era de amargura e decepção angustiada. O estômago de Dexter se contorceu desconfortavelmente diante da cena.

Foi exatamente assim que Daisy ficou.

A lembrança surgiu na sua cabeça como se sempre tivesse estado ali, embora até um minuto atrás ele sequer lembrasse de sua existência. Agora, entretanto, ele lembrava claramente de ter olhado para o rosto da sua namorada enquanto ela se esquivava com aquela mesma angústia no olhar.

Mas por quê? Ele vasculhou a mente pela resposta, mas parecia haver um buraco negro onde deveriam estar os fragmentos restantes daquela lembrança. Ele não fazia idéia se tinham discutido por algum motivo fútil, como faziam Shannon e Boone o tempo todo, ou se haviam brigado por algum motivo mais sério.

Eu e Daisy não brigávamos, ele pensou. Apesar dos recém-descobertos buracos na sua memória, ele sabia que aquilo era verdade.

Mas aquela certeza não era reconfortante. Se não tinham brigado, a discussão devia ter tido um motivo sério. Mas por que ele não conseguia se lembrar?

Ele se virou e caminhou de volta para a parte principal da praia. Enquanto andava, Dexter fez o possível para se concentrar na imagem do rosto nervoso e decepcionado de Daisy. Aquilo podia ser doloroso, mas parecia ser a sua única pista, a única forma de encontrar respostas para suas perguntas.

— E aí, cara? Onde você estava?

Levantando o olhar, Dexter percebeu que quase esbarrara em Boone, que estava na beira do mar com os braços levantados. — E aí. — ele cumprimentou o outro. — Fui beber alguma coisa.

Boone se endireitou e olhou para ele. — Tudo bem? — ele perguntou. — Você está meio... sei lá. Estranho.

— Obrigado, cara. — Dexter sorriu debilmente, então suspirou. — É, mas você está certo. Eu estou mesmo me sentindo estranho.

— Você quer mais água? — Boone perguntou, preocupado. — Eu posso subir e pegar um pouco, e...

— Não, não é isso. — Por um momento Dexter pensou em dispensar o outro com uma desculpa falsa. Então, compreendeu que Boone era, na ilha, a pessoa mais próxima a um amigo. Talvez se sentisse melhor se falasse com alguém. Não era assim que as coisas funcionavam? Dexter olhou para o chão e fuçou a areia molhada com o dedo do pé, tentando encontrar uma forma de explicar. — Eu estou me sentindo um imbecil por não ter coragem de entrar na fuselagem e procurar por Daisy. — Ele encolheu os ombros de forma estranha. — Pelo que sei, ela pode estar apodrecendo lá dentro desde o desastre, enquanto eu estou aqui fora procurando por ela na mata, na praia ou sei lá mais onde.

Boone olhou para ele, a dúvida estampada nos olhos azuis. — Você não aparenta estar tão angustiado, cara. — ele disse, com um tom que beirava o acusatório. — Pense bem, você não tem parecido *tão* preocupado em encontrar sua namorada esse tempo todo. Eu notei desde o começo, mas achei que era efeito da desidratação, então deixei passar...

— É, eu sei. — Assim que ouviu as palavras saindo da boca de Boone, Dexter percebeu que era verdade. Durante todo aquele tempo, era quase como se encontrar Daisy fosse algo que tivesse de se esforçar para lembrar. E havia um motivo para aquilo. A verdade acabara de se encaixar na sua cabeça, outra lembrança vinda do nada. — Eu nem tenho mais certeza se ela estava no avião.

— O quê? — Boone pareceu chocado. — Mas eu pensei que você tinha dito...

— Ela deveria estar naquele avião. — Dexter explicou, pensando por que só estava lembrando daquilo naquele instante. — Mas nós tivemos uma briga feia em Sydney e eu não a vi quando embarquei. Ela deve ter trocado de vôo ou de lugar, eu não sei.

— Isso é tosco, cara. — Boone olhou para ele, curioso.

Dexter sabia que Boone devia estar se perguntando por que teriam brigado. O problema é que ele próprio estava pensando naquilo. Apesar da nitidez da imagem do rosto furioso de Daisy, ele não conseguia se lembrar dos detalhes do que o provocara.

O buraco na sua memória o exasperava, fazia com que se sentisse deslocado, como se ele não fosse ele mesmo. — Sabe, eu acabo de perceber o que tenho de fazer. — ele disse com firmeza, sem se permitir um segundo de hesitação diante do impulso que sentiu. — Eu tenho que entrar naquela fuselagem, agora, antes que escureça. Pelo menos assim vou saber, de um jeito ou de outro.

— Certo. — Boone olhou para ele, num misto de curiosidade e dúvida. — Boa sorte, então.

Dexter agradeceu e se apressou em direção à fuselagem, sem dar a si mesmo uma chance para desistir. O céu estava ficando cor-de-rosa com o entardecer, a beleza luxuriante daquela ilha tropical destoando do cenário de destroços espalhados pela praia e dos gritos do homem ferido que vinham da barraca-enfermaria.

Mas Dexter nem se deu conta de tudo isso. Parando apenas para procurar uma lanterna numa pilha coletiva de apetrechos úteis, ele seguiu em direção ao seu objetivo. À medida que se aproximava, a fuselagem preenchia todo o seu campo de visão. Ele parou a alguns metros da abertura irregular e olhou para o interior escuro. Todos os medos voltaram quando ele ouviu o zumbido das moscas e sentiu um bafejo do fedor que dominava o interior.

Respirando fundo, Dexter tomou coragem e deu um passo à frente. Ele sabia o que tinha de fazer; agora tudo o que restava era fazê-lo...

14

VOCÊ ESTÁ VENDO ISSO? TIA PAULA ERGUEU AS MÃOS PARA O AR EM sinal de desgosto, fazendo com que os inúmeros braceletes cafonas de ouro que usava desde que ficara rica chocalhassem ruidosamente uns contra os outros. Ela olhava para os pequeninos personagens de um programa de mistério na TV.
— É melhor que esse detetive saia logo da frente pros médicos trabalharem, ou aquela garota nunca vai dizer quem matou aquelas oito pessoas.

— As salas de emergência sempre parecem tão excitantes. Talvez Dexy trabalhe numa delas quando for médico. — A mãe de Dexter, sentada num sofá novo de couro, se virou e sorriu para ele.

Dexter respirou fundo, tentando criar coragem para fazer o que ele sabia que precisava fazer. As férias de inverno já estavam acabando, e ele ainda não tinha encontrado uma oportunidade para falar com as duas mulheres sobre voltar mais cedo para a universidade, e muito menos sobre suas notas.

É agora ou nunca, ele pensou consigo mesmo.

"Nunca" era uma opção tentadora. Mas ele ignorou a tentação, colocando a tigela meio vazia de cereal na pia cheia de louça suja e saindo da cozinha em direção à pequena sala-de-estar onde estavam as duas mulheres. Afinal de contas, por que isso não daria certo como tudo mais ultimamente? Se sua sorte tinha mesmo mudado, ele não tinha o que temer quanto a dizer a verdade.

Além do mais, talvez não estivesse dando à sua mãe e à sua tia o crédito que mereciam. Jamais teria imaginado que um dia elas o estimulariam a ir para a universidade. Se ele simplesmente explicasse as coisas, talvez elas entendessem que ele precisava seguir seu próprio caminho em relação à sua graduação. Aquele pensamento fez com que se sentisse um pouco melhor, e ele pigarreou.

— Escutem. — ele disse com firmeza. — Preciso conversar com vocês sobre um assunto.

Por um segundo as mulheres pareceram pouco inclinadas a desviar a atenção da televisão. Mas finalmente a mãe pareceu notar algo diferente na sua voz e se virou para olhá-lo com uma interrogação no rosto.

— O que foi, Dexy? — ela perguntou.

— É sobre a minha graduação.

Desta vez, também tia Paula desviou os olhos da TV. — O que é que tem a sua graduação? — ela disse. — Já escolheu medicina ou o quê? É bom você descolar a bunda da cadeira, se quer mesmo se formar em medicina.

— Mas é exatamente esse o problema. — disse Dexter. Eu não quero fazer medicina. Eu não acho que conseguiria me formar em medicina mesmo que quisesse, entendem? As minhas notas... Bem, elas não foram exatamente maravilhosas neste semestre. Pelo menos, não nas matérias científicas.

— O quê? — Sua mãe arregalou os olhos. — Mas Dexy, eu pensei que tinha dito que estava tudo bem! O que aconteceu?

— Eu fui bem em Literatura Inglesa. — disse Dexter, sentindo uma onda de orgulho quando se lembrou dos comentários de incentivo do professor sobre seu trabalho. — Fui muito bem, na verdade. Tirei A menos. Fui bem em Espanhol, e também em Economia — tirei B em Espanhol e C mais em Economia.

— E nas matérias científicas? — Exigiu tia Paula. — Essas são as que valem pro curso de medicina, e você sabe disso.

— Eu sei, mas aquilo simplesmente não entrou na minha cabeça. — Ele encolheu os ombros, quase com medo de dizer quais eram suas notas. — É, no final das contas fiquei com D em Biologia e D menos em Química. Desculpem.

Sua mãe estava horrorizada. — Oh, Dexy... — ela sussurrou.

— Como você conseguiu ir tão mal, garoto? — disparou tia Paula. — Você nunca tirou tão notas baixas no colégio, não é verdade? Senão aquela faculdade de grã-finos não iria te aceitar.

— Eu sei. — Dexter se esforçou para evitar que pensassem que estava na defensiva. Ao menor sinal de fraqueza, tia Paula atacaria como um tubarão. — Mas na universidade as coisas são bem mais complicadas. E, como estou tentando explicar, eu acho que não tenho aptidões para a área científica.

Ele esperava que tia Paula o repreendesse por ser preguiçoso ou burro. Mas, em vez disso, ela ficou sentada, olhando para ele pensativa. Então, ela olhou para a mãe de Dexter e deu de ombros.

— É, parece que o nosso garoto não foi feito pra essa coisa de medicina. — ela disse. — Acho que a gente já devia ter visto isso quando ele chorou feito um bebê naquela vez em que cortou o rosto.

Dexter fez uma careta, resistindo à vontade de levar a mão ao rosto e alisar a cicatriz enquanto as duas mulheres olhavam para ele. Por que sua tia sempre tinha que lembrar daquela história constrangedora? Ele ainda lembrava dos detalhes, como se aquilo tivesse acontecido no dia anterior. Quarta série; os "amigos" de sempre. Provocando-o com os insultos de sempre - sobre sua aparência, suas roupas, a falta de pai —, então ele subitamente se atirou contra o maior deles, pronto para acabar com todos de uma vez. Eles é que acabaram com Dexter, é claro, deixando-o com o nariz sangrando e os dois olhos roxos. Quando se deram por satisfeitos e o atiraram na calçada, ele caiu de cara no chão, resultando naquela cicatriz, uma lembrança permanente da sua humilhação.

Aquela talvez tenha sido a última vez que reagi, ele se deu conta. *Pelo menos até agora...*

Eu acho que você está certa, Paula. — A mãe de Dexter disse sem muita convicção. — Mas se ele não vai ser médico, o que vai fazer com essa educação tão cara?

Dexter abriu a boca para responder. Talvez agora elas estivessem prontas para ouvir suas idéias quanto a ser um professor de Literatura ou escritor. Afinal de contas, ele vinha mostrando um talento extraordinário para tramas complexas nos últimos tempos.

— E Direito? — Tia Paula disse, antes que ele conseguisse pronunciar uma palavra. — Eu ouvi dizer que muitas pessoas que são boas em Literatura e outras matérias inúteis dão bons advogados.

— Ah, mas isso é ótimo! — O rosto da mãe de Dexter se iluminou de alívio. — Os advogados ganham quase tanto quanto os médicos, não é?

— Claro. — disse tia Paula, com tanta certeza como se soubesse do que estava falando. — Alguns ganham até mais.

— Mas mãe... — Dexter protestou. — Eu não acho que...

— Acabei de pensar em outra coisa. — interrompeu tia Paula, mal parecendo se lembrar de que Dexter estava presente enquanto falava com a irmã. — E quanto àqueles caras bem ricos de Nova York — Wall Street, sabe? Dexy podia fazer aquilo. Tipo Donald Trump, sabe?

Naquele instante começaram os comerciais do programa de TV, e um anúncio de propaganda eleitoral entrou no ar. — E política? — A mãe de Dexter sugeriu.

— Não sei se corre muito dinheiro nisso. — Tia Paula considerou. — Mas eu acho que a gente pode procurar saber.

— Ei! — Dexter disparou, cortando a tia. As duas se viraram para ele, surpresas, enquanto ele sentia o rosto ficar escarlate. — E a minha opinião, não vale?

— Bem, é claro, Dexy. — Disse sua mãe com suavidade. — E o que você acha? Que tal ser advogado?

— Terrível. — Dexter olhou fixamente para ela. — Eu não me interesso nem um pouco por isso. Por que iria me formar numa coisa que não me interessa nem um pouco?

— Escute aqui, garoto. Você acha que eu queria trabalhar naquela droga de farmácia todo santo dia durante benditos vinte e três anos? — Tia Paula falou olhando para ele com uma expressão fechada. — Cresça um pouco, garoto. Às vezes as pessoas precisam fazer coisas de que não gostam pra tocar a vida.

— Eu sei disso, mas...

— Mas nada. — A voz da tia ficou fria e inflexível. — Enquanto eu estiver assinando os cheques, você não vai desperdiçar essa educação cara em uma coisa estúpida. Esse tipo de coisa é pra garotinhos ricos que podem viver sem precisar suar. E, caso não tenha notado, você não está incluído nessa categoria.

A mãe de Dexter ergueu as mãos suavemente na direção dos dois. — Escutem, vocês dois... — ela murmurou. — Se nós conversarmos com calma, vamos nos entender...

Dexter ficou em silêncio por um momento, ainda olhando fixamente para a tia. Por que imaginara que ela poderia ser razoável e levar seus desejos em consideração? Ela não era daquele jeito, e ele sabia. Parte dele queria se rebelar, atirar aquele dinheiro imundo na cara dela e viver a vida do seu jeito.

Quase que imediatamente ele recuou perante essa idéia. Rejeitar seu dinheiro — e sua manipulação — seria bom a curto prazo. Mas como ele ficaria, no final das contas?

De volta a este lugar, onde tudo começou, ele se deu conta, sentindo um aperto nas entranhas. *Preso neste fim de mundo deprimente, sem perspectivas...e sem Daisy.*

Ele engoliu em seco, percebendo o quanto tinha arriscado perder tudo que aprendera a amar nos últimos meses. E o que fazer, se sua tia era obtusa e inflexível? Aquilo não era exatamente novidade. Ele convivera a vida toda com aquela inflexibilidade. Ele deveria ser capaz de chegar a um acordo com o qual todos pudessem viver. Afinal de contas, ele não era o mais inteligente da família?

— Tudo bem. — ele disse, mantendo a voz o mais calma e razoável possível. — Eu entendo. Mas será que existe alguma outra profissão que justifique pagar as contas, além médico, advogado ou corretor de valores? Há milhares de profissões por aí que pagam bem.

— É isso aí, Dexy. — Outra vez, sua mãe parecia aliviada. — O que me diz, Paula?

Tia Paula estava desconfiada, mas concordou em discutir o assunto. Os três passaram a hora seguinte revirando o catálogo de cursos da universidade e debatendo as habilidades e os interesses de Dexter. Mais de uma vez ele se viu tentado a levantar e sair dali, principalmente quando tia Paula o insultava ou desprezava suas idéias. Mas cada vez que vinha esse desejo, ele pensava no rosto belo e sorridente de Daisy e mordia a língua. Ele podia ser forte por ela. Por eles.

— Então está decidido. — Tia Paula disse finalmente, recostando-se tão bruscamente que o sofá rangeu. — Você vai se formar em Psicologia.

Dexter não gostou do tom de decreto real usado por ela. Mas estava satisfeito o bastante com o conteúdo daquelas palavras para ignorá-lo. — O.k, — ele concordou. — Que seja Psicologia.

A mãe dele bateu palmas. — Ótimo! — ela gritou. — Assim você ainda pode ser doutor, Dexy. Um tipo de doutor, pelo menos.

Dexter concordou com um sorriso insípido. Ele não se sentia particularmente interessado pela prática clínica, mas sabia que podia dar um jeito nisso. O que importava é que Psicologia exigia menos matérias científicas que Medicina, e isso implicava em mais peso para Literatura ou Filosofia ou qualquer outra coisa que desejasse explorar — e tia Paula não teria motivos para reclamar.

Não é a solução perfeita, ele disse para si mesmo, tentando não se sentir um vendido por permitir que aquelas mulheres o afastassem dos seus planos. *Mas por enquanto está bom. E quem sabe, a psicologia pode acabar sendo o meu caminho. A probabilidade é bem maior do que a da Química, pelo menos...*

— Isso é verdade. — Tia Paula disse, respondendo ao comentário da outra. — Aqueles psicólogos ganham uma boa grana, pelo que eu sei. — Ela olhou para a TV sem som, onde um advogado sagaz defendia um caso num tribunal do júri. — E mais, se ele resolver dar uma chance pro Direito, talvez possa fazer aquilo tranquilamente com um diploma de Psicologia, não é?

— Claro. — Dexter respondeu, apesar da tia não ter falado com ele. No final das contas, ele estava disposto a concordar com qualquer coisa, desde que lhe fosse permitido largar as matérias científicas complicadas; a única parte ruim do seu maravilhoso primeiro semestre. Ele poderia viver com o que mais tia Paula exigisse — pelo menos por enquanto.

Mesmo que o fizesse se sentir mais como um covarde do que como o SuperDexter.

15

O BICO INCLINADO DA FUSELAGEM ESTAVA À SUA FRENTE, LEMBRANDO as portas do inferno ao refletir a luz avermelhada do poente. Dexter fez o possível para afastar aquela impressão fantástica enquanto ligava a lanterna e dava um passo vacilante à frente. A brisa mudou e começou a soprar na sua direção, através dos restos da estrutura do avião, e ele sentiu que quase sufocava com o cheiro forte de combustível de aviação, comida embolorada e carne em putrefação. Ele engasgou, duvidando que conseguisse mergulhar naquele mundo nauseabundo sem regurgitar o pouco que tinha no estômago.

Precisou de algum tempo para voltar a ter controle sobre as entranhas em revolução. Segurando a lanterna com força, ele seguiu em frente, dirigindo o facho de luz para a parte mais próxima da fuselagem. Ele queria saber exatamente onde estava pisando ali dentro.

Sem surpresas, ele pensou com um tremor, lembrando de como havia tropeçado, literalmente, no corpo de Jason.

A fuselagem estava num absurdo ângulo de ponta cabeça, um ângulo em que avião nenhum deveria pousar. O compartimento de bagagem estava no alto, em cima do compartimento de passageiros; os assentos pendendo quase que diretamente acima da cabeça. O chão — que era antes o teto do avião — estava atravancado com roupas, almofadas dos assentos, pedaços de metal e peças diversas do avião.

Dexter deu um passo cauteloso para dentro, então outro, segurando a pequena lanterna diante dele como se fosse uma arma. Havia moscas por todo lado, seu zumbido constante cercando-o completamente e encobrindo qualquer som que viesse de fora. As máscaras de oxigênio ainda estavam atadas aos seus tubos transparentes, e Dexter sentiu um calafrio quando lembrou seu desespero ao agarrar a sua enquanto o avião ia zunindo em direção ao chão. Quando deu mais um passo, percebeu o pé de um homem saindo de baixo de um carrinho de refeições amassado entalado entre os destroços, e rapidamente desviou o olhar.

Apenas dê uma olhada e depois saia daqui, Dexter disse a si mesmo, respirando o mais levemente que conseguia, numa tentativa fútil de evitar o mau cheiro.

Tudo foi ficando mais escuro e difícil de enxergar através da confusão reinante enquanto ele avançava para dentro da fuselagem, um passo cauteloso de cada vez. Quando explorou o interior com o facho da lanterna, Dexter percebeu que a maioria dos bagageiros — agora no chão e não mais no teto — estavam escancarados, despejando malas, roupas e outros pertences. Dexter subitamente lembrou que sua mochila ainda devia estar num daqueles compartimentos, mas rapidamente descartou aquele pensamento. Não valia à pena ficar naquele inferno por mais tempo do que o absolutamente necessário — não por causa de algumas cuecas limpas e um tubo de desodorante.

Enquanto escalava uma viga de metal atravessada em seu caminho, o coro de moscas foi momentaneamente substituído por outro som — *scritch, scritch, scratch.*

Dexter parou, o coração disparado enquanto ele ouvia atentamente, esperando que o ruído se repetisse. Ele estava ouvindo coisas, ou haveria algo à sua frente, no escuro? Disse para si mesmo que talvez fossem insetos ou mesmo ratos. A idéia de que houvesse ratos se esgueirando entre os corpos era repulsiva, mas ainda assim mais tranqüilizadora do que algumas alternativas que lhe passaram pela cabeça.

Calma, não se desespere. Dexter disse para si mesmo com firmeza. *Não tem nada vivo aqui dentro além de você mesmo, um milhão de moscas e alguns ratos ou outros bichos rastejantes.*

Ele deu outro passo à frente. O piso estava ligeiramente inclinado para cima e, enquanto escalava alguns escombros, precisou se apoiar em alguns encostos dos assentos pendentes para manter o equilíbrio. O tecido dos assentos estava úmido e áspero, e ele só se apoiava ali o tempo estritamente necessário.

Scritch, scratch.

O mesmo som outra vez, um pouco mais alto desta vez. Ou estaria mais próximo?

Dexter ficou de novo petrificado no lugar em que estava. O coração batendo tão alto que ficou mais difícil ouvir os leves ruídos.

Ele apontava a lanterna aqui e ali, mas seu débil facho penetrava apenas poucos metros na escuridão. A luz revelou folhas amassadas de metal brilhante, uma placa de sinalização de banheiro quebrada, lixo de todo tipo. Tudo que ele esperava encontrar.

Então, por que estaria prendendo a respiração, como se esperasse que uma figura misteriosa emergisse da escuridão? Uma figura com olhos raivosos num rosto idêntico ao seu...

Ele sacudiu a cabeça, tentando afastar a imagem. Aquele não era o lugar e aquela não era a hora para se preocupar com o seu sósia misterioso. Ele estava ali procurando por Daisy e nada mais.

Aquilo o fez lembrar...ele explorou o interior da fuselagem com o facho da lanterna outra vez, forçando-se a olhar para diversos corpos jogados aqui e ali entre a confusão. Muitas vezes, o que viu fez com que a bile subisse até sua garganta, mas ele a engoliu de volta e seguiu em frente. Tentando não pensar na aparência que sua namorada teria agora se estivesse ali, ele continuou olhando, fileira por fileira.

Scritch, scritch, scratch.

Dexter travou os dentes, determinado a ignorar o som desta vez. Então, de repente, algo bateu contra sua cabeça e ele pulou, o coração quase saindo pela boca ao imaginar uma mão cavernosa que o agarrava, puxando seu corpo para algum lugar na escuridão... Em pânico, ele tropeçou no próprio pé e caiu pesadamente numa pilha de detritos, lançando uma nuvem de poeira no ar. Dirigindo a lanterna para a nuvem de poeira, Dexter viu o que o agarrara — era apenas o fecho de metal pendente de um dos assentos.

Tum.

Com o último ruído, mais alto do que os anteriores, ele ficou de pé num pulo e quase deixou cair a lanterna. Aquilo não parecia um rato...

— O — Oi? — ele falou baixinho, sentindo-se tolo apesar do pânico que o dominava. Procurou afastar a poeira com a mão livre. — Tem alguém, aí?

— Ninguém além de nós, idiota. — Uma voz baixa veio de algum lugar na escuridão.

Dexter engoliu um grito e o impulso de correr e salvar sua vida. — Quem é? — ele perguntou, envergonhado por notar que sua voz tremia. — Quem está aí?

Ele apontou a lanterna para o lugar de onde vinha a voz. Subitamente um facho muito mais forte foi aceso, cegando Dexter por alguns segundos. Ele pestanejou, dando um passo de lado para tentar escapar daquele brilho fustigante e quase tropeçou outra vez. Um homem saiu de onde estava, escondido em um dos compartimentos de bagagem abertos. Ele era alto, magro e loiro, com um sorriso sardônico, e Dexter o reconheceu imediatamente. Seu nome era Sawyer e Dexter o tinha ouvido negociar cigarros com outro sobrevivente naquela manhã.

— Ah, é você. — Dexter disse, quase desmoronando de alívio. — O que está fazendo aqui dentro?

— E eu faço a mesma pergunta. — Sawyer pronunciava cada palavra sem pressa. — Jack te mandou pra me espionar, não é mesmo?

— Jack? — Repetiu Dexter. — Como assim?

Sawyer sorriu preguiçosamente, arrastando uma mochila. — Pode dizer para o doutor que eu voltei para pegar mais, se quiser. — ele disse. — Para mim, não faz a menor diferença. Eu tenho tanto direito a essas coisas quanto ele, e ele sabe disso muito bem.

Dexter não fazia idéia do que Sawyer estava falando. — Tudo bem, tudo bem, — ele balbuciou, recuando. — Fique à vontade, então.

Sawyer olhou para ele com curiosidade. — Agora você sabe o que *eu* estou fazendo aqui. — ele disse. — Mas *você* ainda não me disse o que está fazendo aqui dentro. Procurando alguma coisa?

Dexter não se deu ao trabalho de esclarecer que a primeira parte de seu comentário não era exatamente verdade. E também não estava muito inclinado a esclarecer a segunda parte. Algo no olhar de Sawyer o incomodava.

— Nada. — ele disse. — Apenas, hum, procurando por alguém, só isso.

Sem esperar uma resposta, ele se virou e atabalhoadamente fez o caminho inverso pelo piso/teto de metal retorcido. Ele transpôs o carrinho de refeições e saltou sobre uma pilha de detritos irreconhecíveis, finalmente saindo daquele ambiente escuro, malcheiroso e dominado por zumbidos para o ar relativamente fresco da praia, imersa no crepúsculo.

Ele não olhou para trás quando se afastou apressado do avião. Ainda assim, não conseguia afastar a imagem de Sawyer, seus olhos faiscando sob o facho da lanterna enquanto lançava um olhar cansado para Dexter, medindo-o dos pés à cabeça. Aquele olhar dissimulado e egoísta o lembrava alguém — mas ele não conseguia lembrar quem, por mais que se esforçasse.

16

DEXTER OLHOU DIREITO NOS OLHOS CINZA DISSIMULADOS DA TIA, esforçando-se para evitar que percebesse sua última mentira.
— ... então eu preciso voltar um dia antes para a universidade e fazer aquela segunda parte do teste.

Ele estava um pouco surpreso com o tom casual daquela desculpa. Ainda indeciso se ficava impressionado ou incomodado com a sua crescente habilidade para mentir, ele esperou para ver se ela tinha caído.

Tia Paula soltou um suspiro e olhou de volta para a TV, que transmitia uma novela. — Você tem que fazer o que tem que fazer, — ela disse. — É, eu acho que você vai precisar nos recompensar nas próximas férias, não é, Dexy?

— Claro. — Dexter disse, aliviado por não perceber qualquer tom de suspeita na voz da tia. Sua mãe também aceitara a desculpa sem fazer perguntas.

Acho que estou mesmo ficando bom nessa coisa de mentir, ele pensou, enquanto saía apressado da sala. *Deve ser a prática.*

Ele sentiu uma pontada de culpa bastante familiar. Por mais que tentasse se justificar, defendendo que "estava criando sua própria realidade", aquilo era mentir, simplesmente isso. Não o incomodava mentir para tia Paula e mentir para a mãe incomodava pouco — ele suspeitava que ela não só o perdoaria se soubesse, como até entenderia.

Mas quanto mais o tempo passava, pior ele se sentia em relação à outra pessoa envolvida nas suas mentiras. Daisy.

Mas que escolha eu tenho? Ele refletia, pensando naquele rosto sorridente. *Se não tivesse mentido, não haveria a menor chance de estarmos juntos.*

Assim que chegou ao *campus*, ele se sentiu um pouco melhor em relação à sua situação. Era por aquilo que ele mentia, afinal de contas. Talvez algum dia ele conseguisse fundir seus dois mundos sem estragar tudo. Enquanto isso não acontecia, ele tinha de tocar em frente e esperar que a sorte ficasse do seu lado.

E a sua sorte iria enfrentar mais um grande teste — a família de Daisy. Dexter respirou fundo e ajeitou o colarinho ao entrar no saguão de um caro restaurante italiano que ficava próximo ao *campus*. Ele conheceria os pais de Daisy ali. Apesar de mal conseguir esperar para reencontrá-la — as três semanas que passara longe dela pareciam três anos —, ele estava nervoso quanto ao fato de ficar frente a frente com sua família. O que pensariam dele? Será que veriam imediatamente, através dele, que não era bom o bastante para sua filha?

—Posso ajudá-lo? — um garçom de meia-idade com semblante cansado interrompeu seu divagar ansioso.

—Sim, eu estou procurando alguém. — ele disse, tenso.

— Nome? — perguntou o garçom com uma voz entediada.

— Dexter Stubbs.

O garçom levantou uma sobrancelha. — Esse é o nome da pessoa que veio encontrar?

— Não! Ah, não. Desculpe, eu pensei que tinha perguntado o meu nome, — Dexter sorriu encabulado. — Vim encontrar os Wards.

— Oh! Por aqui, senhor. — A atitude do garçom mudou imediatamente. Ele se empertigou e dirigiu a Dexter um sorriso bajulador.

Dexter seguiu o garçom pelo salão. Ele viu Daisy imediatamente. Ela estava sentada com um homem de ombros largos e cabelos grisalhos e uma loira elegante que prenunciava a aparência de Daisy em trinta anos.

— Olá. — Dexter disse numa voz fraca enquanto se aproximava.

— Dexter! — Daisy saltou da cadeira e contornou a mesa para abraçá-lo. — Senti sua falta. — ela sussurrou no seu ouvido, o hálito quente acariciando seu pescoço. Então ela o tomou pela mão e o arrastou até a mesa. — Papai, mãe, este é Dexter Stubbs.

— Oh, Dexter. — A sra. Ward sorriu amavelmente. — É tão bom conhecê-lo finalmente. Daisy fala tanto em você que sinto como se já o conhecesse.

— Obrigado. É um prazer. — disse Dexter.

Enquanto isso o sr. Ward ficou em pé. Ele era muito alto e, quando falou, sua voz grave retumbou pelo restaurante. — Sr. Stubbs, — ele disse, estendendo a mão. — É um prazer, meu jovem. Sente-se. Já é hora de nos conhecermos.

Alguns minutos de conversa superficial depois, Dexter já se sentia mais relaxado. Os Wards intimidavam um pouco, como ele já esperava, mas também eram amáveis e amistosos. E, o melhor, eles pareciam tê-lo aprovado à primeira vista, não dando sinais de suspeita ou reprovação.

— Daisy me disse que está pensando em fazer medicina, Dexter. — disse o sr. Ward enquanto o garçom servia as entradas. — Isso me parece interessante.

— Bem, na verdade mudei um pouco os meus planos. — disse Dexter, sentindo-se estranho. — Eu... eu estou pensando em fazer Psicologia.

Daisy olhou para ele surpresa. — Mesmo? — ela disse. — Que legal. Quando decidiu isso?

— Durante as férias. — Dexter se encolheu. — Ainda não tive oportunidade para te contar, as coisas simplesmente aconteceram.

— Psicologia, hum? — O sr. Ward levantou os olhos enquanto colocava sal em sua massa. — Nada mal, nada mal. E pode ser bem lucrativo à sua maneira.

Dexter sorriu acanhado. — É o que dizem.

— Eu insisto o tempo todo com Daisy para que ela escolha algo mais prático do que Literatura Inglesa. — O sr. Ward prosseguiu, colocando o saleiro de lado e enrolando alguns fios de linguini na ponta do garfo com perícia. — Finanças, Economia, até mesmo Marketing — algo que ela possa usar.

— As pessoas de fato usam a Literatura Inglesa, sabia, papai? — Daisy protestou, ligeiramente envergonhada. Ela olhou para Dexter. — Desculpe, Dex. Papai fica meio obsessivo com isso de vez em quando.

— Alguém tem que lembrar a você dos fatos duros da vida, querida. — disse o sr. Ward. — O dinheiro não nasce em árvores, você sabe. É importante pensar no futuro, mesmo acreditando que nunca vai precisar se preocupar com isso.

Dexter sentiu-se um tanto desconfortável. Os comentários do sr. Ward pareciam muito com algo que tia Paula teria dito. *Não, não exatamente*, ele disse para si mesmo. *Pelo menos o sr. Ward sabe do que está falando — ele trabalha pelo dinheiro que ganha. Ele não vive de trambiques como tia Paula. É completamente diferente.*

— Então, Dexter... — a sra. Ward sorriu, olhando para ele, nitidamente ansiosa para mudar de assunto. Ela estendeu a mão e a colocou sobra a dele, a alça da pesada aliança de diamantes batendo de leve nos nós dos dedos. — Você ainda não nos falou sobre a sua família. Como são eles?

— Hum... — Dexter engoliu em seco, o nervosismo voltando como um raio. Mas ele fez o melhor que pôde para responder com coerência, despejando as histórias de sempre sobre a prática jurídica e a educação dos pais fictícios.

— Ah, e adivinhe, papai? — Daisy acrescentou. — Há pouco tempo fiquei sabendo que um primo de Dexter é banqueiro de investimentos. Isso não é legal?

— Interessante. — O sr. Ward lançou um olhar para Dexter com uma sobrancelha levantada. — Qual o nome dele? Talvez eu o conheça.

Dexter ficou lívido. — É... Na verdade é uma prima. — ele disse, desejando nunca ter inventado aquela história. — E ela mora na Suíça. Então o senhor provavelmente não a conhece... O nome dela é Pauline Smith.

— Pauline Smith da Suíça. — O sr. Ward pensou um pouco, então fez que não com a cabeça. — Não. — ele disse. — Não conheço. Mas fale com ela para me mandar um *e-mail* qualquer dia, se quiser se juntar aos grandes. Eu posso conseguir uma colocação para ela no nosso escritório em Paris, ou até mesmo em Londres, se ela preferir.

— Não vou esquecer de falar com ela. — Dexter disse, aliviado por não ter tropeçado numa questão insignificante como aquela. De agora em diante, precisava tomar mais cuidado com as histórias que contava, ou podia acabar perdendo o controle da trama que já tinha construído.

O restante do jantar transcorreu sem maiores sobressaltos. Quando viu o garçom trazendo a conta, Dexter não conseguiu acreditar que tinha conseguido. Era como se tivesse acabado de passar por um exame sobre sua nova vida, e tivesse sido aprovado com louvor.

Fora do restaurante, todos se aconchegaram para enfrentar o vento frio de janeiro na despedida. Os Wards já tinham deixado as coisas de Daisy na universidade e sua Mercedes já esperava para levá-los de volta para a Virginia.

— Foi um grande prazer conhecê-lo, Dexter. — disse a sra. Ward calorosamente, aconchegando as mãos de Dexter com as mãos vestidas em luvas de couro macio. — Realmente espero que nos vejamos novamente.

— Claro, claro. — O sr. Ward concordou. Ele tinha tomado algumas taças de vinho no jantar, e estava com as faces coradas. — Na verdade, acabo de ter uma ótima idéia. Por que não se junta a nós no próximo feriado escolar? Estivemos conversando sobre viajarmos juntos — talvez Tokyo ou Sydney, dependendo de como as coisas evoluírem nos negócios.

Daisy suspirou. — Que ótima idéia, papai! — Ela se voltou para Dexter com os olhos brilhando de ansiedade. — Que tal, Dex?

— Hum, parece uma ótima idéia, — Dexter gaguejou, tomado de surpresa. — E... eu vou precisar conversar com os meus pais, mas assim que tiver uma resposta falo com a Daisy.

O sr. Ward concordou com a cabeça, olhando para o relógio. — Vamos, Alicia. — ele falou para a esposa. — Quero pegar a estrada antes que seja tarde demais para ligar para o escritório...

Os minutos seguintes transcorreram numa profusão de abraços e despedidas. Dexter deu um passo atrás e ficou ali a maior parte do tempo, olhando, preocupado com a oferta do sr. Ward. Como iria resolver aquilo?

Finalmente os Wards foram embora, Deixando Dexter e Daisy sozinhos. Daisy enlaçou seu braço no dele e se aconchegou, com os dentes tiritando.

— Vamos. Vamos voltar para o *campus*, eu estou congelando.

Eles começaram a caminhar. — Os seus pais são legais. — disse Dexter.

— Ah, e eles te adoraram! Eu sei. — Daisy apoiou a cabeça no ombro de Dexter e olhou para ele. — O papai com certeza te adorou, se não, nunca teria te convidado para a viagem. — Ela tremia, mas Dexter não sabia se era de frio ou excitação. — Não vai ser maravilhoso? Prefiro ir para a Austrália, eu nunca fui e estou louca para conhecer! Ah! E você provavelmente vai conhecer o meu irmão mais velho, o Jason. Ele trabalha para o papai, então com certeza vai conseguir uma folga para ir com a gente. — Ela gargalhou. — Você vai adorar o Jason, ele é doido de pedra.

Dexter pigarreou. — É, parece legal. — Ele disse. — Mas, como eu disse para os seus pais, preciso conversar com os meus. Eles provavelmente estão planejando alguma coisa também.

Os olhos de Daisy se abriram quando olhou para ele outra vez. — Ah, mas dessa vez você vai ter que dar um jeito! — ela insistiu. — Mas a gente talvez tenha de faltar alguns dias na aula. O papai gosta de ficar pelo menos duas semanas onde quer que vá. — Daisy apertou o braço dele com mais força. — Você vai falar com os seus pais? — Ela lançou um olhar comprido. — Logo?

— Não se preocupe. — Dexter prometeu, sem saber direito o que dizer. — Eu vou dar um jeito.

Aquilo pareceu satisfazê-la — por enquanto, pelo menos — e Dexter rapidamente mudou de assunto para o semestre que começava no dia seguinte. Seus pensamentos, porém, não conseguiam se desligar do outro assunto, preocupado que estava, como um cachorro com o osso. Voltar para a universidade um dia antes já tinha sido complicado. Como ia se sair com aquilo?

E a minha família não é o único problema desta vez, ele lembrou para si mesmo enquanto caminhava ao lado de Daisy em direção ao campus. *E a família dela? Claro, eu consegui me manter firme e convencê-los de que sou o SuperDexter por uma hora durante um jantar. Mas passar duas semanas tão próximos é outra história...*

— Ah, eu já ia me esquecendo, não se preocupe com as despesas de viagem. — Daisy disse, interrompendo abruptamente seu relato sobre as matérias que iria cursar naquele semestre. — O papai provavelmente vai querer pagar tudo. Então você pode dizer para os seus pais que ainda por cima vão economizar, se te deixarem viajar. — Ela riu divertida, satisfeita com aquela observação.

Dexter engoliu em seco, percebendo que não tinha nem pensado naquele aspecto do seu novo problema. Ele não teria condições de pagar nem parte das despesas de uma viagem como aquela. Ele nem ao menos tinha um passaporte.

Maravilha, ele pensou severamente. *Como o SuperDexter vai sair dessa?*

Os dois ficaram tão ocupados nas semanas seguintes com o início do novo semestre, que Dexter conseguiu evitar o assunto da viagem com a família Ward a maior parte do tempo. Daisy o lembrava de quando em vez, e ele sempre conseguia se esquivar, mas ainda não tinha encontrado uma solução satisfatória.

Um dia ele deslizou na sua carteira para a aula do curso de Introdução à Literatura Americana, que estavam fazendo juntos naquele semestre, e se deu conta de que ela tinha chegado antes dele pela primeira vez. Ela se inclinou para beijá-lo enquanto ele ajeitava a mochila no chão.

— Pensei que não viesse hoje. — ela comentou. — Conseguiu terminar a leitura ontem à noite?

Dexter vasculhou a mochila e retirou um exemplar de bolso surrado de *O Príncipe e o Mendigo*, de Mark Twain, o último livro do plano de ensino da matéria. — Mais ou menos. — ele disse, sorrindo. — Se você não fosse tão envolvente, acho que ficaria mais fácil.

Ela riu. — Não me venha com essa. — ela disse. — Você sabe que gosta de ser envolvido!

— É, talvez. — Dexter provocou. Ele colocou o livro sobre a carteira e se abaixou para pegar o caderno e uma caneta. Quando terminou, viu que ela olhava fixamente para ele, a expressão divertida apagada do rosto.

— O que foi? — ele perguntou, subitamente alerta. — Tem alguma coisa no meu cabelo ou coisa parecida?

— Não. — ela disse num tom sério. — Eu só estava pensando como sempre nos divertimos juntos. E como podemos nos divertir na viagem com a minha família.

— Ah. — Ele engoliu em seco, sentindo-se acuado pela mudança de assunto. Seus olhos varreram o fundo da sala, mas não havia sinal do professor entrando para salvar sua pele. — Hum, eu já te disse. — ele se lamentou. — Ainda preciso conversar com os meus pais.

Os olhos azuis de Daisy cintilaram, e ele se surpreendeu ao notar que ela estava segurando as lágrimas. — Tem certeza de que quer vir? — ela perguntou em voz baixa. — Se não quiser passar tanto tempo comigo, ou o que quer que seja, pode me dizer. Prefiro saber a verdade.

— Não! — Dexter disparou, apavorado. Como ela poderia ao menos cogitar que ele não quisesse estar com ela todo o tempo que pudesse? — Que absurdo! Não é isso, de jeito nenhum!

— Mas parece que você não ficou interessado pela viagem. — Ela se encolheu, abaixou a cabeça e passou a olhar para a carteira. — Nós já ficamos separados uma vez durante as férias. Eu não quero que isso se torne um hábito, sabe?

O coração de Dexter estava acelerado de nervosismo, e ele não sabia o que fazer com as mãos. Então agarrou O Príncipe e o Mendigo e o apertou, dobrando a capa para um lado e para o outro.

— Eu também não. — ele disse, sentindo-se sufocado. Daisy dizia o tempo todo que o amava. Mas naquele momento ele percebeu que não tinha ousado acreditar. Agora que se dava conta de que talvez fosse verdade, ficou assustado e um pouco confuso. — Não se preocupe, isso não vai acontecer. Eu tenho certeza de que os meus pais vão entender...

Ela suspirou; seu rosto começou a se iluminar. — Você quer dizer que nós vamos viajar juntos? — Ela perguntou. — Com certeza?

— Com certeza. — Ele garantiu, sorrindo com a visão daqueles olhos inundados pela felicidade.

O sorriso se apagou completamente quando o professor entrou e pediu silêncio. Agora que tinha se comprometido, ele sentia um pavor doentio.

Tenho que fazer isso, ele disse para si mesmo. *Eu não posso arriscar perder Daisy. Ela é a coisa mais importante detse mundo. Eu vou dar um jeito...*

Percebendo que os colegas folheavam seus livros, ele pegou o seu e abriu numa página qualquer. Apesar de não estar pensando nas palavras impressas naquela página, ele de repente foi invadido por um sentimento de compreensão em relação a um dos protagonistas, a respeito do qual havia lido na noite anterior, o garoto camponês preso num mundo de riqueza e privilégios que não consegue entender.

Então ocorreu a Dexter que praticamente todos os personagens daquele livro tinham ficado mais felizes quando a verdade veio à tona. Ele pensou se aquilo também poderia acontecer no seu caso.

Talvez não fosse um desastre completo se Daisy ficasse sabendo a verdade sobre sua vida, ele pensou, olhando para ela com o canto do olho. *Afinal de contas, ela me ama...*

Não, ela não te ama. Outra voz dentro da sua cabeça, muito mais dura e amarga, interrompeu o pensamento. *Ela não te ama. Ela ama o SuperDexter. E é melhor não se esquecer disso se a quiser do seu lado.*

17

DEXTER SE AFASTOU DA FUSELAGEM O MÁXIMO QUE CONSEGUIU, tentando desesperadamente esquecer tudo que vira ali dentro — principalmente Sawyer. Mas os zombeteiros olhos acinzentados de Sawyer pareciam segui-lo, não importava quão rápido ele andasse, queimando na sua cabeça como se tivessem sido marcados com brasa.

O que há de errado comigo? Ele pensou, começando a correr enquanto seguia em direção ao mar, deixando o acampamento para trás. *Não aconteceu nada ali dentro. Então por que estou com tanto medo?*

Mas ele viu que era impossível explicar aquele pânico. Correndo cada vez mais rápido, ele tropeçou em algumas pedras e quase trombou com o casal de coreanos. Os dois olharam para ele, surpresos. Sua discussão aparentemente tinha terminado, e eles estavam ocupados preparando sushi ilhéu. O homem estava arrumando pedaços numa bandeja, enquanto a mulher tirava as partes mais gosmentas de outros pedaços.

— D-Desculpem, — Dexter murmurou, o estômago rodando com a visão dos pedaços de alimento marinho. A luz do sol poente se esvaía rápido, lançando reflexos de um cor-de-rosa brilhante nos dois. — Desculpem. Me desculpem.

O homem disse alguma coisa em coreano, parecendo preocupado. Mas mesmo que tivesse falado em inglês, Dexter não tinha certeza se conseguiria ficar ali e formular uma resposta. Aqueles olhos ainda o perseguiam, olhando fixamente para ele do fundo escuro da fuselagem destruída; ele precisava fugir. Se não fugisse, algo terrível poderia acontecer. Ele não sabia o que; sabia apenas que precisava escapar.

— Eu preciso ir. — ele disse, abrindo caminho enquanto o coreano vinha na sua direção, ainda com um olhar preocupado. — Desculpe.

Ele deixou o casal para trás e olhou sobre o ombro apenas quando sentiu que estava a uma distância segura. Eles já tinham voltado ao que estavam fazendo, as cabeças curvadas e próximas enquanto trabalhavam. Dexter sentiu um lampejo de inveja; aquele casal parecia ter forjado seu próprio e pequeno mundo insular, mesmo no caos que dominava a ilha. Parecia reconfortante — era como se já estivessem em casa ali, apenas porque tinham um ao outro.

É claro que ninguém entendia o que eles diziam, Dexter lembrou para si mesmo. *Até onde sabemos, eles podem nem ser um casal. Podem ser completos estranhos, ou irmão e irmã, ou podem se odiar, ou podem ainda ser espiões internacionais planejando matar a todos...*

Ele se virou e quase desmoronou por causa de uma súbita tontura. Seu estômago dava voltas, a garganta estava apertada, e em algum recesso da sua mente ele sentia vagamente que precisava se afastar do calor sufocante da praia. Voltando-se para a floresta, ele seguiu para o abrigo das árvores. Pouco tempo depois, estava abrindo caminho por uma clareira parcialmente sombreada, coberta por capim ondulante da altura do seu peito. As lâminas eram surpreendentemente rígidas e afiadas, e ali ainda brilhavam pingos da chuva que caíra mais cedo.

Passando o capim havia um pequeno bosque de árvores centenárias com pálidos troncos retorcidos. Era bem mais escuro ali, na sombra dos galhos que se agitavam suavemente, e bloqueavam a maior parte do sol que se punha. Enquanto Dexter avançava cegamente para o interior da mata, a imagem do rosto sarcástico de Sawyer lentamente se apagou da sua mente e foi substituído pela imagem de uma mulher gorda, imensa, com pele bexiguenta e cabelo desgrenhado. Seus olhos acusadores estavam fixos nele. *Qual é o seu problema, garoto?* Ela gritou dentro da sua cabeça. *Você não sabe mais quem é?*

— Não. — ele balbuciou, pressionando as mãos contra os ouvidos como se aquilo fosse calar as provocações da mulher. Ele não fazia a menor idéia de quem ela era, mas de repente teve plena convicção de que a conhecia. Ou tinha conhecido. Ou iria conhecê-la... era difícil manter a noção de tempo no seu presente estado mental.

Dexter desabou contra o troco de uma árvore para descansar um pouco. Enxugando o suor que lhe escorria pelo rosto, ele fechou os olhos. Mas o rosto da mulher continuava ali, esperando. Ele abriu os olhos outra vez e olhou para cima, através da copa das árvores, o olhar fixo numa tira de cor-de-rosa intenso que rasgava o céu escuro como uma ferida. Por algum motivo, aquela visão o fez sentir vontade de chorar.

Eu preciso me libertar disso, ele pensou, fazendo o possível para acalmar a mente em redemoinho. *Concentre-se, Dexter. Pense em algo tranqüilo, algo bom e real...*

A primeira imagem que surgiu, é claro, foi a de Daisy. Ele se concentrou no seu rosto belo, alegre, amado, sorvendo cada curva daquele rosto e cada dobra daqueles lábios. Mas pouco tempo depois a Daisy que ele conhecia começou a se transformar, e em poucos segundos seus traços delicados se contorceram numa careta furiosa.

Dexter afastou a imagem, sentindo-se chocado e ansioso... e culpado, apesar de não saber por quê. Teria alguma coisa a ver com aquela briga em Sydney, a discussão da qual ele não conseguia lembrar?

— Qual é o problema? — ele perguntou para a imagem de Daisy dentro da sua cabeça. — Por favor, Daisy, me diga qual é o problema para que eu possa resolvê-lo. Me diga por que brigamos em Sydney...

Sua voz sumiu, e ele soltou um suspiro de frustração. Em algum canto profundo do seu cérebro, ele sabia que estava desidratado outra vez e que estava delirando. Mas, em vez de se sentir doente, como de costume, também estava se sentindo perdido, deslocado e confuso.

Dexter...!

Um sussurro ecoou ao seu redor, e ele não tinha certeza se vinha da sua cabeça ou de algum lugar da mata. — Daisy? — ele murmurou em dúvida.

Ele ficou de pé, cambaleando, e olhou em volta desesperadamente. Ela estava ali? Será que finalmente ele a tinha encontrado?

Dexter...!

O sussurro era mais urgente desta vez. — Estou indo, Daisy! Eu estou aqui! — ele gritou.

E se atirou para a frente, correndo para dentro da mata. Mais de uma vez tropeçou em uma pedra ou raiz, se equilibrou no tronco de uma árvore e continuou avançando. Sua respiração ficou ofegante, o ar nos pulmões denso como água. Mas ele não parou — ele não podia parar. Estava convencido de que Daisy esperava por ele logo à frente — na próxima árvore, na próxima curva da trilha...

Ele tinha de encontrá-la. Aquilo era a única coisa que o faria se sentir melhor. Ele tinha tanta certeza daquilo quanto do próprio nome.

Finalmente ele contornou um amontoado de moitas e viu de relance uma mecha de cabelo loiro na clareira à sua frente. — Daisy! — ele gritou, o coração se enchendo de alívio. — Daisy, sou eu! Espere!

Ele se atirou na direção da clareira, arquejando de alívio. Então parou, a respiração congelando na garganta. Ali na clareira, ao lado de Daisy com uma mão protetora sobre seu ombro, estava... ele. O outro Dexter.

— O que você está fazendo aqui? — Exigiu saber o outro Dexter, tirando a mão do ombro de Daisy e dando um passo à frente.

— Eu... eu vim encontrar Daisy, — ele gritou. — Daisy, sou eu, Dexter.

— *Eu* sou Dexter. — disse o outro, suas palavras ecoando ameaçadoras dentro da cabeça de Dexter. Ele agarrou a camisa rota com as mãos. — E é melhor que não se esqueça disso. Porque eu sempre serei o verdadeiro Dexter, não importa o que você faça.

— Não! — Dexter gritou assustado. — Daisy, não acredite nele, ele está mentindo!

— Ela sabe a verdade. — O outro Dexter disse calmamente. Ela sabe que não sou eu quem está mentindo. Não como você. Você é patético. Você se esconde atrás de uma identidade falsa e um nome falso. Por que alguém desejaria uma cópia falsa?

— Eu não sei do que você está falando. — Dexter protestou sem convicção. Mas havia algo nas palavras do outro Dexter que o encheu de raiva e vergonha. Será que aquilo era verdade? Mas como? — Daisy? — ele chamou, virando-se para ela com as mãos estendidas. — Por favor, Daisy...

— Dexter, qual é o seu problema? — Daisy olhou para ele, o lábio superior contraído de desgosto. — Pare com isso! Meu Deus!

— Comovente. Mas sério, Dexter. — A voz de escárnio do outro Dexter ia e vinha como estática num rádio, deixando para trás apenas preocupação e ansiedade. — Eu acho melhor você voltar para a praia.

Dexter pestanejou enquanto o rosto do outro Dexter se desfazia até sumir. — O que — o que está acontecendo? — ele sussurrou.

Ele colocou as mãos sobre os olhos, pressionando com força. Rabiscos e centelhas coloridas brilharam sob suas pálpebras. O rosto da mulher gorda voltou, com o sorriso zombeteiro de Sawyer e mastigando um pedaço do sushi do casal coreano. Imagens estranhas e desencontradas passaram pela mente de Dexter como as bolas no globo de aço daquele programa de loteria... o programa que sua tia assistia quase todos os dias esperando que a sorte mudasse...

Minha tia... ele pensou, confuso, e o rosto da mulher gorda olhou outra vez acusadoramente para ele. *Tia Paula...*

Ele ouviu um ruído e abriu os olhos a tempo de ver o outro Dexter fazer um movimento brusco na sua direção. Dexter recuou, consciente de que a outra versão dele mesmo estava avançando para matar, planejando engoli-lo e tomar o seu lugar.

— Não! — ele gritou, levantando as mãos para se defender. — Não me machuque! Eu sou você, eu ainda sou você!

— Dexter? — Quando o outro agarrou seu braço, o rosto repentinamente se transformou, ganhando feições completamente diferentes.

— Boone? — Dexter perguntou vagamente. Olhando para o lugar onde tinha visto Daisy, ele viu Shannon olhando para ele completamente assombrada. — Shannon? O que vocês estão fazendo aqui?

— Não tente falar, amigão. — Boone apoiou um braço em volta dos seus ombros. — É melhor levarmos você de volta para a praia, assim Jack pode cuidar de você.

— Mas, mas Daisy...

— Cuidado, Boone — ele está caindo!

Daisy... A mente de Dexter não conseguiu mais se fixar naquele pensamento. Ele desistiu, vendo-o flutuar no éter como uma borboleta. Então se largou sobre o braço de Boone, e sua visão começou a ficar acinzentada e imprecisa nas bordas.

18

"**MÃOS AO ALTO, DEXO!**"

Dexter se virou a tempo de evitar ser atingido na cabeça por uma lata de refrigerante que Jason atirara do outro lado da piscina. Ele pegou a lata, então sorriu sem jeito enquanto o irmão de Daisy rolava de rir da sua cara assustada.

— Vê se cresce, Jase. — Daisy ralhou com ele da toalha de praia. — Você já não é mais criança, está lembrado?

— Uma vez criança, sempre criança. — Jason respondeu, com um sorriso, e endereçou a Dexter uma piscada de olho ostensiva. Então correu e deu um salto mortal frontal na piscina, jogando água em Daisy e deixando a irmã fora de si.

Dexter forçou uma risada. Eles estavam em Sydney há poucos dias, e ele já estava acostumado com as palhaçadas de Jason. O irmão mais velho de Daisy era gregário e divertido, exatamente como ela o descrevera. O problema era que o seu comportamento era muitas vezes exagerado e beirava o desagradável. Ele tinha vinte e três anos de idade, mas o seu senso de humor parecia ter estacionado nos treze.

A sra. Ward assistia tudo por cima das lentes dos óculos escuros, inquieta, numa das espreguiçadeiras do hotel. — Já basta, Jason. — ela o repreendeu brandamente, enquanto o filho emergia e flutuava próximo à borda da piscina. — Não vá causar problemas, está me ouvindo? — Colocando de lado a revista que estava lendo, ela se sentou e depois alongou as costas. — Essa piscina é maravilhosa, não é?

— É. — Dexter concordou. A piscina — e todo o hotel — eram mais incríveis do que ele poderia ter imaginado. A suíte com três quartos dos Wards era maior do que a casa da sua mãe.

Ele contraiu o rosto ao pensar na mãe. Ela pareceu ficar realmente triste quando ele ligou para informar que passaria as férias num programa de estudos fora do país. Mas, assim que tia Paula ficou sabendo que aquilo podia ajudá-lo a encontrar um emprego lucrativo após a formatura, rapidamente convenceu a irmã que aquilo era o melhor para Dexter.

Eu gostaria de não precisar mentir para elas, Dexter pensou, incomodado. *Parece que quase tudo que sai da minha boca nos últimos tempos é uma mentira...*

Apesar dos seus receios, ele tinha de admitir que a viagem para Sydney estava transcorrendo tranqüilamente até o momento. Para seu completo alívio, os Wards estavam cobrindo suas despesas, inclusive a dispendiosa passagem aérea — classe executiva, nada menos do que isso. Desde a chegada na Austrália, o sr. Ward passava a maior parte do tempo trabalhando, deixando o restante da família à vontade para visitar a cidade, fazer compras ou passar as tardes na piscina. No final da semana, os pais de Daisy seguiriam para o Japão, onde o sr. Ward tinha negócios. Mas Daisy e Jason — e, portanto, Dexter — preferiram ficar em Sydney e voltar para casa separados. Dexter ansiava por aqueles poucos dias com Daisy, longe do olhar protetor dos pais. É claro que ainda havia Jason...

Dexter abriu a lata que Jason atirara. Jatos de refrigerante saíram esguichando da lata, e ele rapidamente pegou uma toalha para atenuar a bagunça. Seu exemplar de *O Príncipe e o Mendigo*, que estava sobre a toalha, voou para o chão.

A sra. Ward se inclinou e pegou o livro. — Mark Twain, hã? — ela disse. — Está gostando, Dexter?

— Muito — ele disse. — Na verdade, tivemos de lê-lo este semestre. E eu decidi escolher este livro como tema do meu trabalho final, que preciso entregar logo depois das férias. Por isso eu o trouxe, para reler.

Ela folheou o livro, concordando com a cabeça. — Eu também li este livro na faculdade. A história é bastante interessante. Qual vai ser a abordagem do seu trabalho, Dexter?

— Deixa ele em paz, mãe. — Jason disse antes que Dexter pudesse responder. Ele estava dentro d'água, na borda da piscina, os braços grossos e bronzeados descansando sobre o piso. — Dexo está aqui para se divertir, não para ficar falando com os coroas sobre estudo.

A sra. Ward pareceu ficar magoada. — Ninguém está te obrigando a ouvir a nossa conversa, Jason. — ela murmurou. — Desculpe se estou te incomodando.

— É, fica na sua, Jase. — Daisy resmungou.

Fez-se um silêncio desconfortável. Dexter sentiu-se estranhamente culpado, apesar de não ter feito nada de errado. Ele pensou se deveria ignorar o comentário de Jason e responder a pergunta da sra. Ward. Mas não estava certo se queria discutir a história que Mark Twain havia escrito a respeito das vidas dos muito pobres e dos muito ricos com ela. Agora que refletia melhor sobre aquilo, via como era parecida com a sua própria vida recente.

Finalmente a sra. Ward suspirou e se levantou. — Acho que vou subir. — ela disse. — O seu pai disse que deve terminar a reunião a tempo para jantar com a família hoje.

— Nós já vamos, mãe, — disse Daisy. Assim que a sra. Ward saiu, Daisy foi até o irmão. — Você não devia tratar a mamãe assim, Jason! — Ela disparou.

Jason deu de ombros, mal-humorado. — Relaxe, princesa. Eu só estava brincando. Ela sabe disso.

Daisy suspirou, se levantou e começou a arrumar suas coisas. — Vamos Dexter. — ela disse. — Já estou ficando enjoada dessa piscina.

Duas horas depois, os cinco estavam arrumados para o jantar, e muito mais bem dispostos. O mau humor e a tensão que atingira a todos mais cedo parecia ter desaparecido, a não ser por Dexter. Daisy, Jason e seus pais conversavam animados quando entraram num restaurante de frutos do mar iluminado por velas a algumas quadras do hotel. Eles foram imediatamente conduzidos para uma mesa reservada num pátio gramado na parte de trás do restaurante.

— Então... — o sr. Ward disse abruptamente, virando-se para Dexter. — Como vai o curso de Psicologia, meu rapaz?

Apesar de ser sempre muito simpático, o sr. Ward ainda provocava em Dexter uma sensação de desconforto. Era como se os dois falassem sempre línguas diferentes — ou pelo menos dialetos diferentes. Ele não sabia dizer exatamente por que se sentia assim, mas sempre ficava incomodado quando o sr. Ward falava com ele.

— Muito bem, senhor Ward. — Dexter respondeu polidamente. — Eu estou gostando muito das aulas de psicologia que estou tendo este semestre. O meu professor também é muito bom. Ele me disse que levo jeito, e que tenho perfil para seguir carreira de pesquisador.

— Isso é muito bom — disse o sr. Ward, ajeitando o guardanapo no colo.

— Mas se realmente optar pela pesquisa, pense bem na área corporativa. Você não vai querer ficar preso no gueto acadêmico. Você é um rapaz esperto, merece levar uma vida confortável.

— Ah, papai. — Daisy, que estava ouvindo, revirou os olhos. — Não dê ouvidos a ele, Dexter. Ele acredita que qualquer coisa fora de Wall Street é algum tipo de gueto.

Dexter sorriu encabulado enquanto os outros riam do comentário aparentemente freqüente. Ele começava a achar que a impressão que tivera no primeiro jantar estava certa-as referências constantes do sr. Ward ao dinheiro ainda o faziam lembrar tia Paula, apesar dos mundos dos dois serem completamente distintos em todo o resto.

O sr. Ward afastou uma mosca que o incomodava, então olhou para o filho. — É uma pena que Jason não tenha herdado o meu interesse pelos negócios. — ele comentou. — Se fizesse as coisas do seu jeito, a essas alturas estaria vivendo de tocar violão em algum inferninho e morando num albergue.

Jason torceu o nariz. — Dá um tempo, pai. — ele disse irritado. — Você venceu, não foi? Eu trabalho na sua companhia. Então corta esse papo de culpa.

— Já basta, todos vocês. — A voz da sra. Ward estava suave como sempre, mas o tom era imperativo. — Nós estamos aqui para gozar férias agradáveis e relaxantes. Então vamos conversar sobre coisas agradáveis, o que me dizem?

Os outros não resistiram e começaram a conversar sobre os planos para o dia seguinte. Durante o restante da refeição eles discutiram aquele e outros tópicos inócuos. Mais tarde, quando os pais foram até o bar do hotel e Jason saiu à procura de uma casa de jogos eletrônicos, Dexter e Daisy caminharam sozinhos pelas ruas de Sydney. Fazia uma noite agradável com uma brisa leve, e Dexter relaxou quase que imediatamente.

— Que gostoso. — Daisy murmurou algum tempo depois.

— É. — Dexter olhou em volta, sentindo a brisa que vinha do porto. — Sydney é um lugar bacana. Mas é estranho... — Ele continuou pensativo.

— O quê? — Daisy perguntou. — Você quer dizer a arquitetura e coisas assim?

Ele encolheu os ombros. — É, mais ou menos. — ele disse. — Cada vez que dobramos uma esquina e vemos a famosa Ópera de Sydney, ou entramos numa loja e ouvimos o som do *didgeridoo*, ou entre ouvimos as pessoas conversando com sotaque australiano, é diferente e exótico. Mas outras vezes, como agora... — Ele fez um gesto amplo com o braço, indicando o espaço em volta deles. — Nós poderíamos estar em qualquer cidade, em qualquer lugar do mundo. Pelo menos é assim que eu sinto, sabe?

Ela sorriu. — Claro. — ela disse. — Eu entendo o que quer dizer.

Dexter ainda estava pensativo. — Talvez as cidades sejam como as pessoas. Elas podem parecer diferentes por fora, mas têm muito em comum por dentro.

— Ah, isso foi profundo. — ela provocou. — Aprendeu isso nas aulas de Psicologia?

Dexter corou e sorriu. — Talvez. — ele provocou de volta.

Eles andaram num silêncio agradável por algum tempo. De repente, Dexter se viu desejando que aquele momento se prolongasse e não terminasse nunca. Ele e Daisy podiam ficar exatamente ali, juntos e felizes, sorrindo e compreendendo um ao outro. Porém, quase que simultaneamente a esse pensamento, e com uma pontada de dor, ele percebeu que aquilo não era possível. Dentro em breve, muito breve, eles estariam voltando para as aulas, para a vida diária, para a família...

— A propósito, eu... eu gosto da sua família, — ele disse, quebrando o silêncio. — No começo eles me intimidavam um pouco; pareciam perfeitos demais. Mas aí descobri que vocês discutem e tudo mais, assim como todo mundo.

Daisy olhou para ele. — Mas é claro que discutimos. — ela disse. — O que é que você estava pensando? Nós *somos* como todo mundo.

— É... — Naquele momento, caminhando com ela pelas ruas tranqüilas iluminadas pelo luar daquela cidade estranha, mas ainda assim familiar, Dexter foi tomado por um desejo irresistível de contar toda a verdade.

Eu preciso contar toda a verdade, ele pensou. *Essa história de SuperDexter está funcionando agora. Mas isso não pode continuar para sempre.*

— E eu mal posso esperar até conhecer a *sua* família. — ela disse, sorrindo e se aconchegando nele. — Eu quero entender de onde vem esse seu rosto lindo e essa personalidade maravilhosa. Podíamos ir até Nova York antes do final das aulas e jantar com eles ou fazer alguma coisa juntos.

Ele sorriu de leve. — É. — ele disse, percebendo que o momento da verdade acabara de passar, exatamente como as folhas secas na brisa noturna. — Isso parece legal.

Na última noite do casal Ward em Sydney, antes da viagem para o Japão, o sr. Ward puxou Dexter para um canto, depois do jantar no restaurante do hotel. — Quero falar com você, filho. — ele disse no seu tom imperioso. — Eu e minha esposa vamos seguir viagem, e eu e você ainda não conversamos. Você sabe, uma conversa de homem pra homem.

Dexter vacilou. Ele não estava gostando daquilo. — Claro. — ele respondeu.

Os dois esperaram enquanto Daisy, Jason e a sra. Ward seguiam pelo saguão. Dexter emprestou um meio sorriso educado ao rosto e esperou, preparando-se para perguntas mais complicadas sobre ele e sua história.

Em vez disso, o sr. Ward começou a falar da própria vida. Ele falou sobre crescer ao redor do mundo como filho de um diplomata, sobre os dias de faculdade, e então sobre sua carreira de sucesso no mercado financeiro.

— Você está entendendo onde eu quero chegar, não está meu rapaz? — ele disse, olhando interrogativamente para Dexter.

— Hum... — Dexter não sabia o que responder.

Por sorte, o sr. Ward fez apenas uma pequena pausa antes de continuar. — Você entende por que eu fiz isso tudo? — ele disse. — O dinheiro, a casa confortável... é tudo pela minha família. Por Alicia, e depois por Jason e Daisy. Eles são tudo neste mundo para mim, Dexter. E é por isso que quero oferecer o mundo para eles.

Dexter ainda não sabia o que responder. — Isto... é ótimo, sr. Ward. — ele disse vacilante. — Eu tenho certeza de que eles reconhecem o que o senhor faz.

O homem concordou e deu um leve tapa no ombro de Dexter. — É. E é por isso que eu gosto de *você*, meu rapaz. — ele disse. — Eu gosto de ver você e Daisy juntos. Dá pra ver que você tem uma cabeça boa, e que tem futuro. Você me lembra um pouco de mim mesmo quando tinha sua idade. E sei que vai cuidar de Daisy da mesma forma que eu tenho cuidado. Eu só queria dizer isso.

— Obrigado. — Dexter falou, sentindo-se desconfortável. Ele podia ver que o sr. Ward estava um pouco alto — mais uma vez, ele tinha bebido algumas taças de vinho no jantar. Mas suas palavras mostravam quem realmente era.

Tudo para ele está ligado ao dinheiro, Dexter percebeu, sentindo um frio nas estranhas. *É assim que ele é... e foi assim que Daisy foi criada. O sr. Ward nunca aceitaria o verdadeiro Dexter. E talvez eu esteja enganando a mim mesmo por acreditar que Daisy aceitaria.*

19

DURANTE ALGUNS MINUTOS DEXTER NÃO TEVE CERTEZA SE OS GEMIDOS de dor que ouvia vinham dele ou não. Era tudo o que ele podia fazer para permanecer consciente e se concentrar em engolir a água fria que alguém colocava na sua boca. Ele estava deitado na areia, a alguns metros das fogueiras de sinalização. Abrindo os olhos com algum esforço, ele olhou para a imensidão do céu acima de sua cabeça. O firmamento estava se transformando de um azul profundo para um cinza crepuscular mais escuro, e as estrelas pareciam piscar uma de cada vez quando olhava para elas.

— Abra a boca, Dex. — O rosto atencioso de Arzt entrou no seu campo de visão, bloqueando as estrelas enquanto olhava atentamente para ele. Ele despejava a água de uma garrafa nos lábios de Dexter. — Tente beber mais um pouco. Jack disse que esse é o único remédio.

Dexter levantou a cabeça e fez exatamente o que Arzt disse. A água tinha um gosto bom, e aqueles poucos goles foram suficientes para clarear sua mente um pouco mais. Pouco tempo depois ele se sentiu bem a ponto de sentar.

— Nossa. — ele disse, colocando a mão na cabeça que latejava. — Obrigado, cara. Acho que o calor quase acaba comigo desta vez. — Ele ouviu um grito de dor, e dessa vez teve certeza que não saíra dele. — É o cara dos estilhaços?

Arzt fez uma careta. — É. Estou começando a achar que apesar dos esforços de Jack, o cara não está melhorando.

Eles ouviram um urro ainda mais alto. Dexter sentiu um calafrio e bebeu mais um gole de água, tentando não escutar.

Quando olhou em volta pela praia viu que a maioria dos sobreviventes estava fazendo o mesmo. Claire e Charlie estavam em pé junto a uma das outras fogueiras, as costas viradas para a enfermaria. Boone e Shannon, depois de o terem trazido de volta para o acampamento, apareciam de vez em quando para ver como ele estava. No resto do tempo ficavam caminhando por ali, conversando em voz baixa. Às vezes lançavam olhares ansiosos na direção da enfermaria. Sayid estava um pouco afastado, sozinho, e olhava para a fonte dos gritos e gemidos com preocupação no olhar.

Então Dexter viu alguém que não parecia dar muita importância àqueles sons. George vinha correndo em sua direção com um sorriso no rosto redondo e corado. Ele trazia uma mala escura castigada, o que não era uma surpresa — ele se comprometera desde o primeiro dia a reunir toda a bagagem que pudesse encontrar e se mantinha ocupado fazendo buscas na mata e em locais afastados da praia.

— Dexter! — ele gritou. — Aí está você. Te procurei por todo lado.

— E me encontrou, — Dexter disse com um sorriso cansado quando o homem parou à sua frente. — E então?

— Reconhece isto aqui? — George mostrou a mala escura.

Quando a luz da fogueira iluminou a mala, Dexter soltou um suspiro de surpresa. — Mas parece a minha mala! — ele gritou. — Não acredito que você encontrou a minha mala, eu já tinha desistido.

George deu de ombros. — Esperava que fosse sua, — ele disse. — Mas não tinha certeza. Aqui na etiqueta diz "Dexter Stubbs", mas eu pensei comigo mesmo, quantos Dexters pode haver nesta ilha?

Dexter ficou paralisado. A última peça do quebra-cabeças tinha acabado de se encaixar, e o som daquele encaixe reverberava na sua cabeça.

— Dexter Stubbs? — Arzt perguntou; a voz dele pareceu ecoar pela praia. Ou talvez apenas na cabeça de Dexter... — E então, o seu nome é Dexter Cross ou Dexter Stubbs?

— Eu... — A garganta de Dexter voltou a ficar seca, mas desta vez ele sabia que água nenhuma ajudaria. A verdade estava flutuando de volta, tão nítida e real que ele não conseguia acreditar como não lembrara antes. — Eu... eu acho que esse é o meu verdadeiro nome. Dexter Stubbs.

Dexter fechou os olhos com força. Agora que a verdade tinha aparecido, ele não tinha certeza se conseguiria suportar. Não era de estranhar que ele tivesse desejado escondê-la. Não era de estranhar que ele tivesse desejado apagar tudo e recomeçar do zero na ilha.

Quando abriu os olhos, Boone estava esfregando o queixo, parecendo atordoado. Arzt e George olhavam para Dexter com evidente curiosidade. Pelo canto do olho, Dexter viu Shannon se aproximando. Charlie e Claire também estavam olhando, se perguntando qual seria o motivo para tanta comoção.

Ele olhou perdido para Arzt. O que via nos seus olhos era suspeita e desconfiança?

Sem conseguir suportar a vergonha, Dexter ficou em pé. Sentiu a cabeça rodar, mas não deu atenção.

— Com licença. — ele balbuciou, o rosto quente pela humilhação. — Eu... eu tenho que ir.

Sem olhar para ninguém, ele correu pela praia. Algumas pessoas gritaram seu nome, mas ele não diminuiu o passo até alcançar a mata. Ele continuou correndo, cegamente, pela semiescuridão, tropeçando em raízes sem sentir dor. Os urros do homem que estava morrendo o acompanhavam, ecoando na sua cabeça. Era exatamente daquela forma que ele se sentia.

Eu não sabia como era bom não saber a verdade, ele pensou desnorteado, chocando-se com algumas varas de bambu. *Se eu pudesse continuar com a amnésia, continuaria acreditando naquela vida melhor que inventei. Talvez pudesse me perder na fantasia do SuperDexter, por mais algum tempo, pelo menos...*

20

DEXTER FECHOU OS OLHOS, ENTREGANDO-SE À MÚSICA ALTA E PULSANTE da boate de Sydney. Podia sentir vagamente que Daisy dançava ao seu lado, com os cabelos loiros molhados de suor e o rosto radiante.

— Ei, cara! — Jason gritou subitamente no ouvido de Dexter, o que o fez abrir os olhos. — Esse lugar é demais, não é?

Dexter sorriu e sinalizou apontando o dedão para cima, sem se preocupar em tentar se fazer ouvir diante do estrondo dos alto-falantes gigantescos. Era a última noite deles em Sydney, e de início Dexter tinha se irritado com a insistência de Jason em saírem para dançar. Ele tinha imaginado uma noite tranqüila e romântica a sós com Daisy; talvez um jantar, seguido por uma visita ao *deck* de observação da Torre de Sydney para apreciar a cidade do alto.

Mas ele logo percebeu que aquilo não iria acontecer, e já que Daisy tinha ficado animada com a idéia de sair para dançar, Dexter aceitou sem discutir. E fez uma descoberta importante — era bem mais fácil agüentar Jason depois de cinco ou seis copos. Ou talvez tivessem sido sete. Ele parou de contar depois de algum tempo. Que diferença faria? Ele poderia curtir a ressaca no vôo para casa no dia seguinte.

Daisy se inclinou sobre ele, na ponta dos pés, para alcançar seus ouvidos. — Estou me divertindo muito! — ela gritou. — Não acredito que temos de ir embora amanhã. De volta para o mundo real!

Dexter concordou e beijou seu rosto suado. — Pelo menos sempre teremos Sydney! — ele gritou de volta, com um sorriso.

Ela riu, mas o som foi engolfado pela música. — Já volto. — ele pronunciou exageradamente as palavras, gesticulando para os banheiros, e depois abriu caminho pela multidão.

Ele olhou para Daisy até que ela sumisse de vista, então olhou para os jovens bem vestidos à sua volta, pulando e dançando. Com um lampejo de orgulho, ele se deu conta de que ninguém seria capaz de afirmar que ele não tinha nascido naquele mundo, ou que não teria dinheiro para pagar a entrada numa boate como aquela apenas um ano atrás.

Seu olhar se fixou na parede espelhada nos fundos. Olhando fixamente para os próprios olhos, ele sentiu o sorriso se desfazer. Por um longo e assustador momento, a música sumiu da sua cabeça, e tudo o que conseguiu fazer foi olhar para o próprio reflexo. Seria um jogo de luzes, algum estranho reflexo do globo espelhado da pista que lançava aquela sombra mal-humorada no seu rosto e fazia seus olhos parecerem tão sombrios e perturbados? Ele se aproximou um pouco mais, mas nada mudou. Os olhos que olhavam para ele eram vigilantes, dissimulados, estranhamente desconhecidos...

— Voltei! — Daisy apareceu do seu lado, quebrando sua concentração intensa nos próprios olhos.

Ela pulava, sorrindo ansiosa. — Vamos! — ela gritou sem fôlego, gesticulando para a saída. — Vamos encontrar o Jase e ir pra algum outro lugar!

Alguns minutos depois os três estavam caminhando pela rua. Na cabeça de Dexter ainda pulsavam os ecos da música exageradamente alta, mas respirar o ar relativamente fresco da noite era um alívio depois de tanto tempo na atmosfera sufocante e enfumaçada da boate.

— O que vamos fazer agora? — A voz de Jason pareceu mais alta do que nunca, ecoando entre os prédios vazios e abrindo caminho pela rua deserta. Estava muito tarde, e não havia ninguém na rua.

Daisy agarrou o braço de Dexter, o corpo todo vibrando de energia. — Que tal aquela outra boate que a garota indicou? — Ela perguntou. — Deve ser legal.

— Você lembra onde ela disse que ficava? — Dexter perguntou, cobrindo um bocejo com a mão. O efeito da bebida estava passando, e o cansaço caía sobre ele como uma capa.

— Eu não lembro.

— Acho que fica logo ali, depois da esquina. — disse Jason.

— Vamos dar uma olhada e... Ei. Olha só esse cara.

Dexter olhou na direção que Jason havia indicado e viu um rapaz magro vindo na direção deles. Ele vestia shorts esfarrapados e uma camiseta que não via água há um ano. Seus pés sujos estavam enfiados num par de sandálias pelo menos dois números menores que o pé, e ele segurava um chapéu de palha em uma das mãos.

— Bom-dia, pessoal. — o rapaz disse quando se aproximou. — Têm um trocado? — Ele estendeu o chapéu esperançoso.

Jason dirigiu a Dexter um sorriso cruel. — Isso depende. — ele disse, estalando os nós dos dedos e dando um passo na direção do mendigo. — O que vai fazer em troca? Hum?

— Olha, eu não quero arrumar confusão, amigo. — o mendigo disse, levantando as mãos, rendido. — Se não tiverem um trocado sobrando, eu vou embora.

— É, essa parece uma boa idéia. — Jason concordou com um sorriso malicioso. — Por que você não tira essa cara fedida e imprestável da nossa frente, para podermos continuar a nos divertir?

Dexter fez uma careta diante do comentário de Jason. Que direito ele tinha de ser tão rude, apenas porque o rapaz não era nascido em berço de ouro como ele?

— Se manca, cara. — ele disse a Jason num tom áspero. Vasculhando os bolsos, puxou uma nota amassada, dominado pela estranha sensação de estar vivendo uma cena que lembrava vagamente *O Príncipe e o Mendigo*. — Aqui. Desculpe, eu não tenho —

— Dexter! — Daisy gritou. — Cuidado!

Dexter olhou de relance por cima do ombro a tempo de ver um cotovelo voando na sua direção. Ele se abaixou, evitando ser atingido em cheio, mas o golpe pegou de raspão no rosto e o atirou no chão. Por um instante ele ficou zonzo e, enquanto tentava ficar de pé, ouvia vagamente os sons dos gritos de raiva de Jason e dos gritos assustados de Daisy.

Quando sua cabeça clareou, alguns segundos depois, já estava tudo acabado. — Pra que lado eles foram? — Jason perguntou excitado, com os punhos fechados. — É bom eles correrem se têm amor à vida!

Enquanto isso, Daisy estava agarrando a camisa de Dexter e acariciando seu rosto. — Dexter! Você está bem? — Ela soluçava. — Você está me ouvindo?

— E — eu acho que estou bem. — Dexter sacudiu da cabeça as últimas estrelas do golpe. — O que aconteceu?

— Aquele cara veio por trás e levou a minha bolsa, — Daisy respondeu. — Acho que ele queria pegar sua carteira também, mas você o viu a tempo.

— Ele devia estar junto com o mendigo. — Jason acrescentou. — Os dois se separaram assim que caí pra cima deles. — Ele olhou com raiva para as ruas vazias ao redor, mas a expressão suavizou e se transformou em preocupação quando olhou para a irmã. — Você está bem, Daisy?

— Eu estou bem. — Sua voz já estava mais calma. — Acho até que para um primeiro assalto estou muito bem. — Ela soltou um riso ligeiramente forçado. — O importante é que estamos inteiros, não é?

— Seu passaporte não estava na bolsa, estava? — Jason perguntou.

Daisy fez uma negativa com a cabeça. — Graças a Deus. Está no hotel. — Mas o dinheiro e os cartões de crédito foram junto com a bolsa. — Ela sacudiu a cabeça, parecendo transtornada. — Que complicação. Vou precisar cancelar os cartões o mais rápido possível.

Jason deu de ombros. — É. Ainda bem que trouxe o namorado a tiracolo para bancar o resto da viagem. Se não, precisaríamos pedir uma carona para chegar ao aeroporto amanhã.

— Como assim? — O corpo de Dexter ficou gelado de repente, apesar do ar ameno.

Jason sorriu timidamente. — Eu estava contando com Daisy para pagar o café da manhã, o táxi e tudo mais. — ele admitiu. — Fiquei completamente liso depois de pagar a última rodada. — Ele bateu no ombro de Dexter. — Você não se incomoda em me adiantar uns trocados, não é, amigo? Sabe como é...

Dexter sorriu de leve, mas sentiu que ia vomitar. Depois de comprar boas malas para a viagem, além de arcar com as despesas do passaporte e outros pequenos gastos que teve de cobrir ele mesmo, tinha pouquíssimo dinheiro na carteira.

Quando os três começaram a longa caminhada até o hotel, ele passou a fazer cálculos mentais freneticamente, para ver se poderia pagar o táxi até o aeroporto e outras despesas. Afinal de contas, estavam de partida na manhã seguinte.

Não, ele finalmente admitiu para si mesmo, com um aperto no coração. *Eu não tenho o bastante. Não com esses dois. Eles são máquinas de gastar dinheiro. E não vão entender se eu tentar convencê-los a segurar os gastos. A não ser que eu abra o jogo...*

Ele olhou para o hotel, que acabara de ficar visível quando dobraram uma esquina. Enquanto Jason seguia na frente apressado, murmurando algo sobre chamar a polícia, Dexter sentiu uma sensação familiar de fracasso se apoderando dele. Ele segurou Daisy pelo ombro.

— Escute. — ele disse brandamente. Ele sentia como se estivesse de volta ao colégio, sabendo que estava encurralado pela turma de sempre, e que a única coisa a ser feita era relaxar e tomar a inevitável surra. Sabendo que não tinha outra saída. — Eu preciso te contar algo.

— Isso não pode esperar só um pouquinho? — ela perguntou, distraída. — Eu acho melhor ir com Jason, para poder dizer à polícia o que havia na minha bolsa.

— Não. Isso não pode esperar.

Algo na voz de Dexter a convenceu, já que ela parou e ficou olhando para ele. — O que foi, Dexter?

Ele respirou fundo. — É sobre essa coisa do dinheiro, — ele disse em voz baixa. — Eu não sou exatamente quem você pensa que eu sou...

Quando as primeiras palavras saíram, o restante fluiu aos borbotões — a sorte inesperada da tia, a vida patética, o plano do SuperDexter, tudo. Ele quase se sentiu bem colocando tudo para fora, dizendo toda a verdade.

Quase.

— Você... você mentiu para mim? — Daisy apenas olhou fixamente para ele quando terminou de falar, a expressão no rosto mudando da raiva para a decepção.

— Me desculpe. — Ele disse, desesperado com aquele olhar. — Mas isso não muda nada entre nós. Eu ainda sou a mesma pessoa, eu —

Ela sacudiu a cabeça, com lágrimas rolando pelo rosto. — Não, eu acho que não te conheço. — Ela disse, com a voz vibrando ligeiramente. — Ou talvez seja você que não me conhece. Eu não teria me importado se tivesse dito que era pobre, Dexter. Isso não faria a menor diferença. Mas a mentira é que é insuportável...

Sem conseguir mais falar por causa dos soluços, ela se virou e correu em direção ao hotel. Ele deu alguns passos atrás dela e depois parou, resignado. O que adiantaria tentar explicar? Ela já estava convencida de que ele havia traído sua confiança.

E ela está certa, ele pensou arrasado. *Isso é o pior de tudo. Ela está totalmente certa.*

21

QUANDO TEVE CERTEZA DE QUE NINGUÉM O TINHA SEGUIDO, DEXTER diminuiu o passo para um caminhar. Olhando em volta para a mata que ia ficando mais escura rapidamente, ele desejou ter parado para pegar uma lanterna. Por sorte a lua e as estrelas iluminavam o bastante para impedir que se chocasse contra as árvores.

Ele parou numa pequena clareira iluminada pelas estrelas e se encostou em uma árvore. Afundando a cabeça entre as mãos, soltou um pequeno gemido que se fundiu com os urros levemente audíveis que vinham da praia.

Como pude me esquecer? ele refletiu. *É como se eu tivesse me convencido a acreditar nas minhas próprias mentiras...*

— Talvez isso tenha acontecido por que você quis acreditar nelas.

— Quem disse isso? — Assustado, Dexter levantou o rosto e olhou para a escuridão. — Quem está aí?

Uma figura saiu de trás das árvores no lado oposto da clareira. Por um instante Dexter acreditou que fosse Boone, e seu coração se encheu de alívio. Aquilo significava que Boone tinha vindo buscá-lo; que Dexter não seria um exilado de agora em diante?

Então a figura deu mais um passo e Dexter percebeu que ele era mais jovem do que Boone, e mais baixo. Seu cabelo era um pouco mais claro, os olhos um pouco mais escuros, o nariz e o queixo um pouco diferentes...

O coração de Dexter deu um pulo. — É... é você? — Ele gaguejou. — Quero dizer, *eu*?

Ele sentia a cabeça leve, como se sua mente flutuasse acima das copas das árvores, alheia à realidade. Mas a figura parecia bem real — os galhos estalavam sob seus pés; o mato se mexia enquanto ele avançava pela clareira.

— Você sabe quem eu sou. — A figura chegou a uma área iluminada pelo luar.

Dexter olhou fixamente para ele. Outra vez percebeu que as roupas do outro Dexter estavam um pouco mais gastas do que as dele, e que seu cabelo era um pouco diferente. Diferente, mas de alguma forma familiar.

— Você sou eu. — ele sussurrou. — O *velho* eu.

— O *verdadeiro* você. — disse o outro Dexter, com olhos e tom acusadores. — Aquele que você deixou para trás no dia em que recebeu aquele dinheiro. Aquele de quem ainda sente vergonha, apesar de eu não ter feito nada de errado.

Dexter sacudiu a cabeça. — Mas eu não — eu não, — ele protestou sem convicção. — Eu... eu fiz o que fiz porque acreditei que nos ajudaria. Me ajudaria. — Mais uma vez sua cabeça girou fora de controle, e ele ponderou se realmente tinha acordado do último delírio. Talvez tivesse apenas imaginado que fora resgatado por Boone e Shannon e tratado por Arzt. E portanto, quem poderia dizer que *qualquer parte* daquilo era real? Que ele não estava sentado no avião da Oceanic quando este despencou do céu? Até onde sabia, tudo aquilo podia ser uma criação desesperada da sua mente condenada.

Estranhamente, aquele pensamento lhe deu coragem. — O que você quer? — Ele desafiou o outro Dexter.

— Lembrá-lo de onde você vem. Quem você é.

— Disso eu já lembrei. — Desta vez, a voz de Dexter estava um pouco mais firme. — Eu penso nisso todo santo dia. Como poderia esquecer?

— Você esqueceu de mim.

— O quê? — Dexter colocou uma mão na testa, que estava úmida e trêmula. — Do que você está falando?

— Estou falando de *você*, Dexter *Cross*. — Havia desprezo na voz do outro Dexter. — Você esqueceu da existência de Dexter Stubbs.

— Mas isso foi provocado pela desidratação. — Dexter protestou.

— Certo. E a desidratação também foi o motivo de nunca ter contado a verdade para Daisy? Ela confiava em você.

— Eu sei... — Dexter murmurou, sentindo que engasgava ao lembrar do olhar ferido de Daisy quando finalmente contou a verdade.

— Você não a merecia, e sabe disso.

Dexter não tinha uma resposta para aquela pergunta. Subitamente se sentiu muito cansado. — Olha, eu estou falando sério. — ele disse com a voz arrastada. — O que quer de mim?

— Eu quero... — O outro Dexter fez uma pausa. — Eu quero... BANG!

Dexter levantou com um pulo e girou o corpo, olhando em volta. Teria sido um tiro? O que quer que fosse, tinha vindo da direção da praia. Ele olhou decidido naquela direção, apesar de pelo menos cem metros de mata fechada separarem o lugar de onde estava do mar.

— Você ouviu aquilo? — ele perguntou. — O que você acha que —

Ele parou de falar quando se virou e viu que o sósia tinha desaparecido.

— Ei! — Ele gritou. — Espere.

Teria ele estado realmente ali? Ele sentia que a resposta para aquela pergunta era de vital importância — muito mais importante do que voltar para a praia e descobrir o que tinha acontecido. Dexter correu até o lugar onde o outro estava alguns instantes atrás e se atirou de mãos e joelhos no chão.

Pegadas, ele pensou febrilmente. *Preciso encontrar pegadas...*

Ele vasculhou o chão desesperado, mas sob o fraco brilho das estrelas, não conseguia enxergar nada. Tateando o chão com as pontas dos dedos ele continuou a procurar pelas pegadas.

O que eu estou fazendo? Ele pensou algum tempo depois, então parou abruptamente sua busca frenética e ficou de joelhos no chão. *O que eu estou procurando, afinal?*

Sentindo-se um tolo, ficou de pé. Neste exato momento, ouviu os sons de galhos estalando e folhas se agitando, sinal de que alguém se movia rapidamente pela mata. Ele se empertigou e respirou fundo, preparando-se para a volta do seu sósia.

Em vez disso, Kate emergiu das árvores. Ela usava uma camisa banca que brilhava à luz da lua e das estrelas.

— Oh! — ela disse, nitidamente surpresa em vê-lo. — Dexter, é você? Desculpe, eu não sabia que tinha alguém...

A voz dela se perdeu, e ela desviou o olhar. Dexter sentiu o rosto corar de vergonha. Será que ela já sabia a verdade a seu respeito? Teria a fofoca corrido o acampamento tão rápido?

Então ele pestanejou, ao perceber que ela estava soluçando. — Você está bem? — ele perguntou, esquecendo momentaneamente os próprios problemas.

— Não é nada. — ela murmurou. — O agente federal...

— O... o quê?

— O cara da enfermaria. — A voz de Kate saiu entrecortada. — Ele...

Dexter olhou na direção da praia, juntando dois mais dois. — Ah. O tiro que eu ouvi — o cara da enfermaria — ele...

Kate levantou o olhar apenas o suficiente para concordar com a cabeça. Mesmo com a pouca luz, Dexter percebeu que seus olhos brilhavam com lágrimas contidas.

Ele não sabia que Kate conhecia aquele homem mais do que qualquer outro dos sobreviventes. Mas não fazia diferença se aquilo era verdade ou não, estava claro que o que quer que tivesse acontecido a tinha perturbado profundamente.

— Enfim... — ela disse, soluçando forte e limpando o nariz com as costas da mão. — Eu só precisava ficar um pouco sozinha. A gente se vê.

Ela atravessou a clareira, seguindo em direção à mata fechada. Por um instante, Dexter sentiu que era melhor deixá-la seguir. Afinal, Kate parecia ser uma das pessoas mais espertas e capazes na ilha. Que ajuda esperava poder oferecer a ela, principalmente quando ele próprio estava completamente desnorteado?

Ainda assim, algo dentro dele não pôde resistir a tentar oferecer ajuda. — Você quer falar sobre isso? — ele perguntou.

22

DEXTER ESTAVA OFEGANTE QUANDO ENTROU NO SAGUÃO REFRIGERADO do hotel. Pequenos traços luminosos dançavam nos cantos da sua visão, e ele sabia que estava desidratado — o álcool, a noite quente e a descarga de adrenalina estavam agindo. Mas ele não tinha tempo para parar e se preocupar com aquilo. Ele tinha que encontrar Daisy.

Eu não posso perdê-la, ele pensava, e lágrimas desesperadas lhe queimavam os cantos dos olhos. *Não posso. Nós precisamos conversar. Ela precisa me ouvir...*

A passividade inicial desaparecera, e agora tudo em que ele conseguia pensar era em convencer Daisy a lhe dar outra chance. Ansioso demais para esperar o elevador, ele pegou as escadas, que subiu pulando três degraus de cada vez. Poucos minutos depois, ele entrou bruscamente na suíte dos Ward.

— Daisy! — ele gritou desesperado, avançando pela suíte até a porta do quarto dela. — Daisy, você precisa me...

Ele parou de falar quando a porta abriu sob a força dos seus punhos. Dexter entrou e a procurou com os olhos.

— Daisy?

Era óbvio que ela já tinha estado ali. A cômoda estava vazia, não havia sinal das jóias e dos cosméticos, e a fileira organizada de sapatos que mantinha perto da parede tinha sumido. As portas do armário estavam escancaradas, e alguns cabides vazios balançavam ali dentro. Ela devia ter acabado de sair.

Dexter desmoronou na cama, respirando forte. Então ela tinha partido. Ele não se deu ao trabalho de verificar o quarto de Jason; o silêncio bastava para garantir que ele não estava ali.

Deitado na cama, Dexter puxou os lençóis e enterrou a cabeça no travesseiro, esperando sentir o reconfortante cheiro de Daisy. Mas as arrumadeiras tinham sido eficientes, e tudo que sentiu foi um sopro de cheiro de roupa lavada.

Por um instante, ele sentiu o peso da sua antiga resignação voltando, pesando sobre seus ombros como uma armadura. E agora?

O avião.

Seus olhos abriram salientes e uma pequena chama de esperança acendeu no seu coração. Ele quase tinha esquecido — eles deixariam a Austrália no dia seguinte e embarcariam num longo vôo que os levaria para casa. O sr. Ward tinha providenciado as passagens antes de seguir viagem, de forma que Daisy logo estaria sentada ao seu lado durante a maior parte de um dia.

Isso vai me dar tempo suficiente para convencê-la, Dexter pensou desesperado. *Eu espero...*

Ele fechou os olhos, ainda apertando forte o travesseiro. O dia seguinte seria longo e difícil. Era bom que dormisse um pouco.

* * *

— Obrigado por escolher a Oceanic, senhor. Tenha um bom vôo.

— Obrigado. — Dexter recebeu de volta o bilhete das mãos de uma funcionária de cabelos pretos, sorridente, e seguiu para o avião. Ele tinha chegado cedo ao Portão 23, já que não tinha nada melhor a fazer na sua última manhã na Austrália. Sentado numa das cadeiras desconfortáveis do saguão de espera, ele ficou observando os outros passageiros quando chegavam; o homem careca na cadeira de rodas, a jovem que parecia grávida demais para embarcar num avião, o homem com traços do Oriente Médio que recebia olhares furtivos de todos.

Mas durante todo aquele tempo, nem um sinal de Daisy ou do irmão. Dexter esperou, mesmo quando ouviu a chamada para o embarque, esperando vê-los chegarem apressados. Mas finalmente desistiu e entrou na fila de embarque.

Eles podem ter chegado quando eu fui ao banheiro, ele pensou, enquanto cumprimentava com um aceno as aeromoças que recebiam os passageiros no avião. *Ou quando saí para comprar água mineral. Eles já deviam estar fazendo o check-in quando eu voltei da lanchonete — é assim que essas coisas acontecem.*

Por um segundo, ele ousou esperar que, quando chegasse ao seu assento, encontraria Daisy e Jason ali, sentados, esperando por ele. Mas aquilo não aconteceu. A fileira estava completamente vazia. Ele mordeu o lábio, olhando em volta enquanto colocava a mochila no compartimento de bagagens. O avião do vôo 815 era grande e, de onde Dexter estava, não conseguia identificar as pessoas sentadas no fundo do avião.

E se Daisy e Jason trocaram de lugar para me evitar? Ele pensou. *Afinal de contas, eles obviamente procuraram outro hotel para me evitar. E o avião não está totalmente cheio, então eles podem ter trocado de assentos sem problemas, até mesmo no check-in.*

Ele sentou no assento central, deixando o assento da janela para Daisy. Tamborilando os dedos no braço do assento, ele olhou para a bandeja retrátil à sua frente, tentando decidir o que fazer.

Quanto mais pensava, mais certeza tinha de que Daisy devia ter insistido para mudar de lugar. Aquilo lhe parecia ser exatamente o que ela faria. Tudo o que precisava fazer era ir até o fundo do avião, onde tinha praticamente certeza de que a encontraria.

Mas quando finalmente tomou coragem, as aeromoças já estavam fechando os compartimentos de bagagem e lembrando os passageiros de apertar os cintos de segurança. A busca de Dexter precisaria esperar pela decolagem.

Quando a porta foi fechada, Dexter se recostou no assento. Seu estômago roncou tão alto que um homem sentado do outro lado do corredor levantou surpreso os olhos do livro que tinha nas mãos. Dexter pegou a garrafa de água mineral que tinha deixado sobre o assento ao lado e tomou um longo gole. Ele não tinha ousado gastar com comida naquele dia, pois sabia que precisava guardar os últimos dólares para pagar o táxi que o levaria ao aeroporto. Mas encontrou um saco de salgadinhos pela metade entre as coisas que Jason tinha deixado para trás no seu quarto.

Eu vou me levantar e vasculhar o avião logo depois da decolagem, Dexter garantiu para si mesmo, apertando a tampa da garrafa de água com os dedos que tremiam ligeiramente. Ela tem que estar a bordo, em algum lugar — eles disseram que esse era o único vôo para os Estados Unidos hoje.

Foi então que Dexter notou alguma atividade próxima à porta do avião.

Quando viu a porta abrir outra vez sentiu um aperto no coração. *Daisy...* ele pensou desesperado.

Em vez disso, um rapaz gordo, muito suado, entrou pela porta. Ele respirava com dificuldade, e seu cabelo ondulado estava desgrenhado, espalhado em todas as direções, mas tinha um sorriso largo, como se tivesse acabado de ganhar na loteria. Mesmo no seu atual estado de espírito, Dexter não pôde evitar sorrir um pouco também enquanto o passageiro atrasado caminhava pesadamente pelo corredor, fazendo um sinal com o polegar para cima para um garoto sentado no corredor central, a algumas fileiras de Dexter.

Quando o grandalhão desapareceu no seu assento, porém, o sorriso de Dexter se desfez imediatamente. Ele olhou para o assento vazio ao seu lado. A porta estava sendo fechada outra vez. Desta vez, ele suspeitava, definitivamente.

Ela já deve estar sentada em algum lugar ali atrás, ele pensou. *Ela está suficientemente brava comigo para trocar de lugar e sentar na classe econômica*

Ele esperou com impaciência enquanto o avião taxiava lentamente pela pista. A espera pareceu demorar uma eternidade, mas finalmente a decolagem foi autorizada. Dexter fechou os olhos quando o avião rugiu pela pista e ganhou o ensolarado céu australiano, sem se incomodar em fazer sua pequena prece por um vôo seguro. Sua mente estava completamente absorta no que diria a Daisy.

Quando os avisos luminosos para apertar os cintos apagaram, as aeromoças já estavam preparando o primeiro serviço de bordo. Dexter olhou para trás e viu pequenos carrinhos de metal bloqueando os dois corredores atrás dele.

Acho que é melhor esperar até que elas terminem, Dexter disse a si mesmo. *Nada demais.*

O vôo seria longo. Ele teria muito tempo para conversar com Daisy antes que o avião pousasse em Los Angeles. Na verdade, talvez fosse mesmo melhor dar um tempo para que ela se acalmasse antes de conversarem.

Ele sentiu uma onda de alívio quando pensou em protelar o confronto. Aquilo queria dizer que ele estava apenas inventando desculpas? Ele fechou os olhos, tentando não se sentir o maior covarde do mundo.

Não seria mais fácil esquecer essa história toda? Sussurrou uma voz distante dentro da sua cabeça. *Há muitas outras garotas na universidade. Você pode tentar algo com uma delas. Ou pode se matricular em mais uma matéria no próximo semestre, assim mantém a cabeça ocupada e esquece das garotas por algum tempo. Talvez você nem ao menos tenha nascido para ser feliz...*

— Aceita alguma coisa para beber, senhor?

Os olhos de Dexter abriram imediatamente, e ele viu uma comissária de bordo atraente sorrindo para ele. — Ah! — ele disse. — Ãhn, não, obrigado.

Ela seguiu adiante, e Dexter pôde voltar a mergulhar nos seus pensamentos sombrios. Sua mente voou para o futuro, e ele se viu usando um guarda-pó branco, ouvindo incontáveis pessoas descontentes e sem rosto se queixando dos seus problemas, e depois indo para casa, para um apartamento vazio e solitário...

Não, ele pensou, rebelando-se, sacudindo a cabeça para afastar aquela visão dura. *Não precisa ser assim. Eu ainda pos-*

so dar um jeito nas coisas; tudo vai ficar bem — tudo o que eu preciso fazer é encontrar Daisy.

Quando estava se preparando para soltar o cinto, alguém veio pelo corredor e sentou-se pesadamente ao seu lado. Surpreso, Dexter virou a cabeça.

— E aí. — Jason disse sem sorrir. — Beleza, cara?

— Não exatamente. — Dexter respondeu cauteloso. — É, onde você estava? Por que vocês não sentaram nos seus lugares...

— Corta o papo furado, cara. — O rosto de Jason estava inchado e pálido; era óbvio que ele estava de ressaca, depois dos excessos da noite anterior. Ele puxou a gola do seu casaco folgado de time de basquete. — Eu só vim até aqui pra te dizer que a Daisy não quer mais ver a sua cara de agora em diante.

— Onde ela está?

Jason deu de ombros. — Pra ser honesto, cara, eu não sei. Nem sei se ela embarcou ou não. Ela trocou nossos lugares pra ficar longe de você, e nós acabamos ficando separados, em lugares completamente diferentes. E aí, pouco antes do *check-in*, ela me disse pra vir sem ela. — Ele deu de ombros outra vez. — Acho que ela pensou bem e não quis sentar sozinha na classe econômica. Não posso dizer que a censuro — é um saco ali atrás. Obrigado por isso, cara.

Dexter abriu a boca, pronto a se oferecer para trocarem de lugar. Ele podia não ser o maior fã de Jason, mas dadas as circunstâncias, era o mínimo que podia fazer.

Mas antes que pudesse dizer alguma coisa, Jason já não estava mais lá. Dexter afundou no assento, sua recente determinação completamente arrasada pelo que acabara de ouvir.

O que cê tava pensando, garoto? A voz da tia o provocou dentro da sua cabeça. *Gente como a gente não foi feita pras coisas boas da vida, você já devia estar sabendo disso agora, ou é mais idiota do que parece.*

Ele percebeu que estava apertando os braços do assento com tanta força que os nós dos dedos estavam brancos. Como é que ela podia ser daquele jeito? Ou pior, como ele pôde aceitar passivamente ser destratado aqueles anos todos, permitindo que ela o transformasse naquele mesmo tipo de pessoa? Ah, ele poderia não ser tão completamente desagradável. Mas era tão vítima de seu pensamento negativo quanto ela própria. Por algum tempo parecia que iria conseguir se libertar ao criar uma nova vida como SuperDexter. Mas não seria apenas uma outra forma de sentir vergonha de quem realmente era? Por que não confiou em Daisy — e nos amigos da universidade — e deixou que gostassem dele pelo que era?

Dexter não tinha certeza de quanto tempo ficou ali remoendo pensamentos auto-acusatórios, que faziam sua cabeça girar como uma roleta de culpa. Ondas nauseantes de covardia, passividade e desespero torturavam seu corpo, provocando espasmos na garganta e no estômago.

Finalmente ele percebeu que havia apenas uma forma de estancar aquela dor. Era chegada a hora de entrar em ação. Ele já tinha demorado até demais, na verdade. Ele não podia continuar com aquilo; agora que seus dois mundos haviam se chocado, ele viu que não havia como sustentar aquilo por muito tempo. Mesmo se conseguisse se entender com Daisy, toda aquela história de duas vidas não estava mais funcionando para ele.

A parte passiva da sua mente parecia ter escapulido, como se tivesse sido atirada no oceano pelo jato das turbinas, deixando Dexter com uma nova determinação. Independente do que acontecesse em relação a Daisy, ele não podia mais voltar atrás.

Assim que chegar em casa, vou resolver essa situação, ele prometeu para si mesmo, desta vez certo de que não se deixaria acovardar ou voltar atrás. *Vou começar tendo uma conversa séria com mamãe e tia Paula. Se não concordarem que eu escolha o curso que quero seguir — que eu decida o que é melhor para minha vida e meu futuro — então basta. Eu devolvo o dinheiro e faço as coisas do meu jeito.*

Ele ficou nervoso, mas ao mesmo tempo renovado, com aquele pensamento. Naquele momento, percebeu que finalmente deixava para trás toda uma vida de medo e submissão.

Era uma sensação agradável, que lhe deu coragem para fazer uma promessa: *Eu vou fazer com que Daisy converse comigo, não importa o que o Jason diga,* ele pensou. *Ela me deve isso. Eu mereço isso.*

Apesar da nova determinação, ele sentiu de novo um frio no estômago diante daquele pensamento. Mas respirou fundo e olhou para trás. Chega de protelar. Ele iria fazer uma busca no avião, fileira por fileira, até saber se ela estava ali ou não. Se estivesse, iria falar com ela, e não iria parar até que ela ouvisse tudo o que ele tinha a dizer. E se não estivesse, ele iria procurá-la na universidade e fazer o mesmo.

Não é de estranhar que ela esteja nervosa, ele pensou. *Mas ela é uma pessoa razoável. Se eu for sincero, explicar os meus motivos, dizer como era a minha vida antes dela... Bem, talvez ainda exista uma chance para nós.*

A idéia de contar tudo — sem segredos desta vez — o assustava um pouco. Mas, paradoxalmente, também fez com que sentisse segurança.

Dexter sorriu. Ele soltou o cinto e se levantou, curvado, para evitar bater a cabeça enquanto deslizava para o corredor.

Então o avião sacudiu repentinamente. Toda a cabine estremeceu, a estrutura de metal gemendo levemente em protesto.

— Au! — Dexter murmurou quando sua cabeça bateu forte contra o compartimento de bagagens. Ele viu estrelas, e agarrou o encosto do assento para evitar cair no corredor.

O aviso APERTAR CINTOS DE SEGURANÇA acendeu com um *ping*, e a voz firme de uma comissária de bordo foi ouvida pelo sistema de comunicação: "Senhoras e senhores, o capitão acaba de acender os avisos de apertar cintos de segurança...".

Dexter voltou para o seu lugar, esfregando o galo na cabeça. Ele não conseguiu evitar que a turbulência o detivesse, num vôo geralmente tranqüilo, mas aquilo não havia abalado sua determinação. Ele encontraria Daisy assim que a turbulência terminasse.

23

— **OBRIGADO POR ME OUVIR.** — **KATE DIRIGIU A DEXTER UM OLHAR** rápido e um meio sorriso. — É fácil conversar com você.

— Sem problema. — Dexter não se preocupou em dizer que tinha falado mais do que ela. Tudo o que conseguira tirar dela foi que, de alguma forma, havia uma arma na ilha. E que de alguma forma, alguém usou essa arma para aliviar o sofrimento do moribundo, a seu pedido.

Depois daquilo, ela habilmente mudou o assunto para o motivo dele estar na mata àquela hora. Antes que percebesse, ele se viu contando a história da sua vida.

Agora ela suspirava, olhando para as estrelas que piscavam para eles, muito acima da copa das árvores. — É estranho. — Ela disse suavemente. — Pode ser tão difícil falar com as pessoas. Mesmo quando sabemos que é a coisa certa a fazer.

— É. — Dexter concordou. Ele olhou curioso para ela, pensando se ela estaria pronta para se abrir um pouco mais. — Em quem está pensando?

Kate hesitou por tanto tempo que Dexter achou que ela não responderia. — O Jack, principalmente. — Ela disse finalmente. — Eu sei que preciso falar com ele sobre... sobre algumas coisas. Algumas coisas... complicadas. E é difícil demais encontrar o momento certo.

— Então você talvez precise *criar* esse momento, — Dexter sugeriu. — Se é importante para você falar determinadas coisas para o Jack, vá em frente e faça isso. Talvez não seja tão complicado quanto —

— E o que te faz pensar que ele entenderia? — ela disparou antes que ele terminasse de falar, soando quase acusatória.

Dexter ainda não fazia a menor idéia do que ela estava falando, mas encolheu os ombros. — Pode ser que ele não entenda, — ele disse, sua cabeça se voltando para os próprios problemas em casa. — Mas tudo o que você pode fazer é tentar. Eu gostaria de ter me esforçado um pouco mais para falar com Daisy.

Kate estava de cabeça baixa, mas assentiu. — Pode ser que você esteja certo. — ela concordou. — Talvez eu tente falar com ele amanhã. — Ela olhou de soslaio para Dexter. — Desculpe, eu não queria te incomodar com isso tudo.

— Mas você não me incomodou. — ele murmurou, com uma pontada de autopiedade. — Eu mesmo fui o causador dos meus problemas. Agora que todos já sabem que eu estava mentindo a meu respeito, acho que nunca mais irão confiar em mim. E eu não os culpo.

Kate sacudiu a cabeça. — Eu duvido muito. Todos têm segredos, sabe? — Mais uma vez, ela olhou para as estrelas distantes. — De certa forma, estar aqui é um recomeço para todos nós. Uma nova chance.

Dexter olhou para ela em dúvida. Ele desconfiava de que ela estava apenas sendo simpática. Como alguém como ela poderia entender algo como a sua vida secreta? Mas mesmo assim, reconheceu seu esforço para animá-lo. Se ela havia conseguido ouvir tudo o que ele dissera sem parecer ficar perturbada com isso, então ainda havia esperança naquela ilha.

Alguns minutos depois, eles partiram em direção à praia. Quando ultrapassaram as árvores, Boone os viu e imediatamente correu em sua direção.

— Dexter, cara. — ele disse, aliviado enquanto Kate sumia na direção das fogueiras. — Você nos assustou! O jeito que saiu correndo, no escuro e tudo mais... você nos deixou preocupados, cara.

— Vocês estavam preocupados? — Dexter sentiu um rubor de emoção. — Mas eu menti para vocês...

Boone sorriu e o pegou pelos ombros. — Não seja idiota, — ele disse. — Você não estava no seu juízo perfeito — acho que nenhum de nós estava, depois do acidente. E, ainda por cima, tinha a desidratação.

Arzt vinha chegando a tempo de ouvir o último comentário de Boone. — Ele está certo, sabia? — ele disse. — Eu te falo o tempo todo para beber bastante água, pra se cuidar. O que você esperava que fosse acontecer? — Ele parecia aborrecido, mas tinha preocupação no olhar.

— Obrigado, pessoal. Desculpem se deixei vocês preocupados.

Dexter viu de relance que Shannon olhava para ele. Quando esboçou um sorriso, ela respondeu com um meio sorriso fingido, e depois se virou.

Dexter soltou um suspiro. Tudo bem, então nem todo mundo olharia para ele da mesma forma, agora que sabiam da verdade. Mas ele não podia fazer nada quanto a isso; a única coisa que podia fazer era aceitar.

— Então vocês vão mesmo esquecer essa loucura de Dexter Cross? — ele perguntou, tentando em vão usar um tom de deboche.

Boone encolheu os ombros. — Nós não temos controle sobre as coisas que saem da boca quando não estamos em nosso juízo perfeito.

— Isso. — Arzt concordou com uma expressão afetada de "professor sabe tudo". — O importante é que contou a verdade, agora que já lembra de tudo.

— Obrigado, pessoal. — Dexter disse agradecido. — E não se preocupem. Essa é toda a verdade, sem mais surpresas.

Dexter percebeu um movimento na orla da floresta com o canto do olho. Ele olhou naquela direção. Seria aquilo uma figura escura e solitária se esgueirando entre as árvores, oculta nas sombras e distante demais para ser revelada pela luz das fogueiras?

Seu sósia tinha ido embora, já não tinha mais nenhum interesse ali. O que quer que estivesse por lá, não tinha nada a ver com ele.

Um pouco depois, Dexter sentou em volta de uma das fogueiras com Boone para esclarecer as coisas. — Então, não é de estranhar que eu não lembrasse daquele restaurante bacana que você e Shannon sempre lembravam, — Dexter comentou com uma risada sentida. — Eu nunca tinha estado em Los Angeles antes de pegar a conexão do vôo para a Austrália.

— Então agora que lembrou da sua vida real, já sabe se a sua namorada estava no avião? — Boone perguntou.

Dexter sacudiu a cabeça. — Eu não tenho certeza. — ele disse. — Tudo que sei é que até agora não vi nenhum sinal dela na ilha.

Boone concordou com a cabeça. — Deve ser duro, cara.

— É. — Dexter soltou um suspiro, olhando para o fogo. — É, eu vou ter que esperar até sermos resgatados para ver o que acontece.

Ele estava começando a perceber que sempre haveria coisas que não conhecia ou que não conseguiria entender. Talvez a vida fosse assim mesmo.

E talvez tudo que eu possa fazer seja continuar buscando a verdade, ele pensou, passando a mão na cicatriz. *Doa o que doer.*

Como é que se conversa em silêncio?

School break não quer dizer férias, mas qualquer intervalo nas aulas, como num feriado prolongado.

EM BREVE NAS LIVRARIAS

RISCO DE EXTINÇÃO

A ambientalista Faith entra no avião carregada de culpa e é uma das sobreviventes cujos conhecimentos podem ser vitais para a sobrevivência do grupo, mas muitos suspeitam que ela os usa para aterrorizá-los. O novo ambiente dará a Faith a oportunidade de recomeçar, ou ela será vítima dos perigos da ilha?

SINAIS DE VIDA

Nick é um artista que fez algumas coisas terríveis. Ele já esteve no topo, mas um escândalo transformou sua vida. Ele só queria esquecer as coisas quando decide viajar, mas um acidente de avião o deixa em um ilha onde ele começa a ter pesadelos muito reais e ouvir vozes.

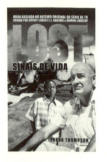

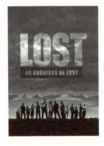

LOST - AS CRÔNICAS DE LOST

O livro oficial de Lost traz um guia detalhado dos episódios e uma viagem aos bastidores de produção do seriado, tudo ricamente ilustrado. Histórias de bastidores e revelações irão ajudar os fãs a descobrir os segredos de Lost. Inclui ainda informações sobre cada personagem e histórias contadas pelo elenco.

BAD TWIN

Na 2ª temporada de Lost surge um novo personagem, Gary Troup. Ele não sobreviveu à queda do avião, mas deixou os manuscritos de Bad Twin — único livro encontrado na ilha, e que é lido por todos. Um obra cheia de suspense tratando de vingança e redenção conta a história de um rico herdeiro à procura de seu gêmeo. O autor Gary Troup não existe, o que aumentao mistério envolvendo a autoria do livro. Há fortes indícios de que foi escrito por Stephen King, fã número 1 da série.